कैसे पाएँ जीवन में असीम सफलता

एक दुर्लभ पुस्तक, जो सच्ची सफलता पाने के तरीके सिखाती है

महेश दत्त शर्मा

प्रभात पेपरबैक्स
www.prabhatbooks.com

प्रकाशक

प्रभात पेपरबैक्स

4/19 आसफ अली रोड, नई दिल्ली–110002

फोन : 23289777 • हेल्पलाइन नं. : 7827007777

इ–मेल : prabhatbooks@gmail.com ❖ वेब ठिकाना : www.prabhatbooks.com

संस्करण

प्रथम, 2020

अ.मा.पु.स. 978-93-5322-854-5

KAISE PAYEN JEEVAN MEIN ASEEM SAFALATA

by Shri Mahesh Dutt Sharma

Published by **PRABHAT PAPERBACKS**

4/19 Asaf Ali Road, New Delhi-110002

ISBN 978-93-5322-854-5

पुस्तक परिचय

सफलता—जिसकी खोज में लोग सदियों से हैं। हर व्यक्ति का सपना है—सफलता पाना। व्यक्ति का पूरा विकास-क्रम सफलता पर टिका है। सफलता पाना सभी चाहते हैं, लेकिन जानकारी के अभाव में उस तक पहुँच नहीं पाते। यकीन मानिए, सफलता पाना जरा भी कठिन नहीं है, अगर आप इससे दोस्ती कर लें। याद रखें, सफलता पाने के लिए अमीरी-गरीबी, ऊँच-नीच, जाति-धर्म आदि कोई मायने नहीं रखते। हाशिए पर खड़ा एक सबसे गरीब आदमी भी बड़ी आसानी से वांछित सफलता को हासिल कर सकता है और वहीं हो सकता है कि खूब अमीर आदमी बहुत कुछ करके भी इससे वंचित रह जाए।

दरअसल, सफलता एक सरल-सहज, समर्पित जीवन-पद्धति द्वारा सहज ही अर्जित की जा सकती है।

प्रस्तुत पुस्तक में बिना पैसे खर्च किए सफलता पाने के सहज, अनुभूत और कारगर तरीके बताए गए हैं। हर व्यक्ति इसमें बताए गए सरल तरीकों को जीवन में उतारकर न केवल गारंटीड सफलता पा सकता है; वरन् अपने समाज, देश और दुनिया के लिए एक मिसाल भी बन सकता है—वहाँ एक बड़ा उल्लेखनीय परिवर्तन ला सकता है।

प्रिय पाठको! पुस्तक अगर आपको उपयोगी और संग्रहणीय लगे तो कृपया अपने अमूल्य विचार हमसे जरूर शेयर करें।

—लेखक

अनुक्रम

1

सफलता को बनाएँ आदत

कई लोग जीवन में बहुत सफल होते हैं, निष्कर्षत: हम भी सफल होने की कोशिश करते हैं, बल्कि सफल होना जीवन का हमारा प्राथमिक लक्ष्य होना चाहिए। मनुष्यों के रूप में हम सफलता के लिए जागरूक हैं, प्रेरित हैं और बेहतर होने की इच्छा रखते हैं। यह विशेषता हमें जानवरों से अलग करती है। कुछ बुनियादी बातें हैं, जिन्हें आपको ध्यान में रखना चाहिए; यदि आप जीवन में सफल होना चाहते हैं।

आप एक पूर्ण, सुखी और सफल जीवन जीने के लिए आवश्यक सभी उपकरणों के साथ पैदा हुए हैं। आप जीतने के लिए, हराने के लिए, सभी बाधाओं से ऊपर उठने के लिए पैदा हुए हैं और अपनी भीतरी महिमा और सुंदरता का प्रदर्शन करने के लिए पैदा हुए हैं। सभी शक्तियाँ, गुण, लक्षण और परमेश्वर के पहलू आपके भीतर हैं। आपका जीवन परमेश्वर का जीवन है और वह जीवन अब आपका जीवन है। परमेश्वर जो कुछ भी करते हैं, हमेशा सफल होते हैं, चाहे एक पेड़ का रोपण हो या ब्रह्मांड का। आप अनंत के साथ हैं और आप असफल नहीं हो सकते। यह महत्त्वपूर्ण है कि आप समझें कि सफल होने के लिए आपको अपने दिमाग को दोबारा लिखना होगा। निस्संदेह, असफल लोग विजेताओं से बहुत अलग सोचते हैं। यदि आप अपनी मानसिकता बदलते हैं, तो आपके परिणाम बदल जाएँगे।

सफल व्यक्ति पूर्ण निश्चितता के साथ जानता है कि वह अपने जीवन में क्या कर रहा है और क्यों कर रहा है और फिर तदनुसार वह महत्त्वपूर्ण निर्णय

80-20 का नियम लागू करें। 80-20 का नियम बताता है कि 80 प्रतिशत परिणाम 20 प्रतिशत प्रयासों से आते हैं। बिक्री में इसका मतलब यह है कि 80 प्रतिशत बिक्री 20 प्रतिशत ग्राहकों से आती है। उन प्रयासों के इस छोटे से उप-समूह की पहचान करें, जो सबसे बड़े परिणाम उत्पन्न कर रहे हैं और उन्हें स्कैन करें।

लेता है। जागरूक होकर आप जीवन को आदर्श रूप में जी सकते हैं। हम जिस दृष्टिकोण से दुनिया का सामना करते हैं, वह रवैया इच्छा से अलग है और अकसर इसके खिलाफ चला जाता है। एक सही रवैया आपके जीवन में सफलता की गारंटी देता है।

दृढता और केंद्रित रहकर सफलता की आदतें उत्पन्न करना आवश्यक है। यह स्पष्ट है कि जो चारित्रिक विशेषता सफल लोगों के पास होती है, दूसरों में नहीं होती। यही चारित्रिक विशेषता जिंदगी में अच्छी और उपयोगी आदतों का निर्माण करती है।

उपर्युक्त तत्त्वों में से प्रत्येक का सही संगठन, जब चाहें, आपको अपने जीवन में सफल होने की ओर प्रेरित कर देगा। यदि आप वास्तव में जीवन में आगे बढ़ना चाहते हैं तो सबसे अच्छी आदतों की एक सूची यहाँ दी गई है—

- सुबह की दिनचर्या का पालन करें। सुबह की दिनचर्या निर्धारित करें, जो आपको सबसे अच्छी प्राप्ति के लिए हर दिन शक्ति प्रदान करती रहे।
- 80-20 का नियम लागू करें। 80-20 का नियम बताता है कि 80 प्रतिशत परिणाम 20 प्रतिशत प्रयासों से आते हैं। बिक्री में इसका मतलब यह है कि 80 प्रतिशत बिक्री 20 प्रतिशत ग्राहकों से आती है। उन प्रयासों के इस छोटे से उप-समूह की पहचान करें, जो सबसे बड़े परिणाम उत्पन्न कर रहे हैं और उन्हें स्कैन करें।
- दैनिक कार्यों की एक सूची बनाएँ। अपने बड़े लक्ष्यों के करीब आने के लिए आप जो कार्य कर सकते हैं, उन्हें सूचीबद्ध करें।

- महत्त्वपूर्ण कार्यों की पहचान करें, लेकिन जरूरी की नहीं। समय प्रबंधन में महत्त्वपूर्ण काम ही हैं, जो आपको अपने दीर्घकालिक लक्ष्यों में स्थानांतरित करने में मदद करेंगे, जरूरी काम नहीं।
- प्रतिदिन अपनी उत्पादकता संख्या की जाँच करें। सबकुछ पर नजर रखने के लिए समय लें; बारीक जाँच करें; जल्दबाजी न करें। यदि आप ऐसा करते हैं, तो आप सफलता के पैटर्न को पहचान सकते हैं, जो आपको अधिक प्रभावी होने में मदद करेगा।
- सफलता के प्रयासों का दैनिक आकलन करें। किए गए प्रयासों की दैनिक गिनती करने से जीतनेवाली लड़ाई पर आपका बेहतर नियंत्रण होगा।
- महत्त्वहीन को अनदेखा करें। उन कामों को छोड़ दें, जो आपका समय फालतू खर्च करते हैं। यद्यपि शुरुआत में यह मुश्किल है, लेकिन अभ्यास के साथ यह आसान हो जाता है।
- पूरे दिन पर्याप्त ब्रेक लें। कठिन कार्यों के दौरान छोटे-छोटे ब्रेक लेने से उत्पादकता में वृद्धि करने में मदद मिलती है।

बाधाओं और विचलन से बाहर निकलें। व्यवधान और विचलन विचार के प्रवाह को तोड़ सकते हैं। वैज्ञानिक अध्ययन से पता चला है कि जब आप कोई कार्य छोड़ते हैं तो आप उस पर ध्यान केंद्रित करते हैं और उस कार्य पर फिर से ध्यान को केंद्रित करने में लगभग 25 मिनट तक लगते हैं।

- अंतिम परिणाम को सामने देखने की अनूभूति करें। प्रत्यक्षीकरण एक बड़ा उपकरण है, जो जीतने में असंभव प्रतीत होती आपकी भावना पर नियंत्रण पाने में आपकी मदद करता है, इसलिए अपनी जीत के प्रति आश्वस्त रहें और सफलता को प्रत्यक्ष देखने की अनुभूति करते रहें।
- बाधाओं और विचलन से बाहर निकलें। व्यवधान और विचलन

विचार के प्रवाह को तोड़ सकते हैं। वैज्ञानिक अध्ययन से पता चला है कि जब आप कोई कार्य छोड़ते हैं तो आप उस पर ध्यान केंद्रित करते हैं और उस कार्य पर फिर से ध्यान को केंद्रित करने में लगभग 25 मिनट तक लगते हैं।

- जब आपको जरूरत हो, मदद के लिए कहें। अपने आस–पास के लोगों से जरूरत पड़ने पर मदद माँगने की आदत डालें। उत्पादक बने रहने की क्षमता में इससे बड़ा अंतर पड़ता है।
- एक विचार–पुस्तिका में अपने दैनिक विचारों को लिख लें। एक छोटा नोटपैड अपने साथ रखें और उन विचारों को लिख लें, जो पूरे दिन में आपके दिमाग में आते हैं। आप यह कभी नहीं जान सकते कि प्रेरणा कहाँ और कब आपको प्रोत्साहित कर सकती है।
- अंतर की आवाज सुनने के लिए समय निकालें। जब भी मौका मिले, अपनी आँखें बंद कर लें। यह प्रणाली आपको अपने विचारों को बेहतर ढंग से सुनने में मदद करेगी।
- कृतज्ञता का दैनिक अभ्यास करें। हमें अकसर कई चीजों की कामना होती है, लेकिन जो चीजें हमारे पास होती हैं; आमतौर पर हम तब तक उनकी सराहना नहीं करते, जब तक कि हम उन्हें खो नहीं देते हैं। इसलिए हर दिन वे दस बातें लिखें, जिनके लिए आप धन्यवाद देना चाहते हैं, भले ही वह हर सुबह आपकी आँखें खोलने जैसी साधारण चीज हो।
- बेहतर वित्तीय आदतें डालें। आप अपने वित्त को कितनी अच्छी तरह प्रबंधित कर सकते हैं; इसी पर निर्भर है कि आप कितना धन उत्पन्न करने में और उसे समय के साथ बढ़ाने में सक्षम हैं। यह सफलता प्राप्ति का एक महत्त्वपूर्ण तत्त्व है, क्योंकि पैसा कमाने के लिए भी अकसर पैसे की आवश्यकता होती है।
- अपने सभी खर्चों की निगरानी करें। आखिरी सिक्के तक यह देखें कि अपना पैसा आपने कहाँ पर खर्च किया है। इसे हर दिन करें

और कुछ भी अनदेखा न करें।

- अपने बिलों का तुरंत भुगतान करें। अपने बिलों का भुगतान करने के लिए आखिरी तारीख का इंतजार न करें। उन्हें फौरन जमा करने की आदत डालें।
- बचत की आदत बनाएँ। आपको हर महीने अपनी आय का कम-से-कम 20 प्रतिशत बचाना चाहिए। यदि आप वास्तव में आगे बढ़ना चाहते हैं, अमीर बनना चाहते हैं या जल्दी से सेवानिवृत्त होना चाहते हैं तो अपनी आय का आधा या अधिक बचाएँ।
- सुबह जल्दी उठें। हर दिन जल्दी उठें। कितनी जल्दी? आप जितनी जल्दी उठ सकते हैं। दुनिया के कुछ सबसे सफल उद्यमी सुबह 5 बजे और यहाँ तक कि इससे भी पहले हर दिन जाग जाते हैं।

बचत की आदत बनाएँ। आपको हर महीने अपनी आय का कम-से-कम 20 प्रतिशत बचाना चाहिए। यदि आप वास्तव में आगे बढ़ना चाहते हैं, अमीर बनना चाहते हैं या जल्दी से सेवानिवृत्त होना चाहते हैं तो अपनी आय का आधा या अधिक बचाएँ।

- अपने वित्तीय लक्ष्यों की समीक्षा करें। हर दिन अपने वित्तीय लक्ष्यों की जाँच करें। ईमानदारी से परखें कि ऋण, व्यय और आय के पैमानों पर आप कहाँ खड़े हैं, ताकि आप अपने सपनों को बेहतर तरीके से साकार कर सकें।
- वित्तीय प्रेरणा प्राप्त करें। ऐसे बहुत से योग्य लोग मौजूद हैं, जो आपको उपयोगी वित्तीय सलाह दे सकते हैं। उनसे मिलें और उनके ज्ञान और अनुभव को ध्यानपूर्वक सुनें, ताकि आप उसे अपने जीवन में लागू कर सकें।
- बजट बनाएँ और उस पर डटे रहें। एक वास्तविक बजट बनाना और उस पर डटे रहना सबसे अच्छी बात है, जो आप कर सकते

हैं, खासकर अगर आपको अपने पैसे का प्रबंधन करने में परेशानी हो।

- कुछ निवेश करें। निवेश किया जा सकता है। निवेश करने के लिए हर दिन थोड़ा पैसा अलग जमा करें। भले ही यह पचास रुपए ही क्यों न हो। अपने भविष्य के लिए निवेश हेतु सुबह की एक चाय पीना भी बंद करना पड़े तो करें।
- योजना बनाने के लिए ब्रेक लें। अपनी स्थिति का विश्लेषण करने के लिए दिन में पाँच मिनट का ब्रेक लें और उन तरीकों की खोज करें, जिनमें आप सहायक आय योजनाएँ बना सकते हैं या अपने खर्चों को समायोजित कर सकते हैं।
- शॉपिंग की सूची बनाएँ। सूची के बिना कभी खरीददारी न करें, अन्यथा आप ऐसी कई चीजों पर पैसा खर्च कर देंगे, जिनकी आपको आवश्यकता नहीं है।
- खर्चों का हिसाब-किताब रखें। महीने के अंत में अपनी रसीदों की तुलना अपनी आय और व्यय के साथ करें। क्या इसमें एकरूपता है ? आप यह जानकर आश्चर्यचकित होंगे कि ऐसे बहुत से फालतू खर्च होंगे, जिन्हें अब आप वास्तव में खत्म कर सकते हैं।
- बेहतर रिश्ते बनाने की आदत डालें। प्रत्येक उद्यमी, व्यापार मालिक और यहाँ तक कि कॅरियर पेशेवर जानता है कि उसके रिश्तों की स्थिति और गुणवत्ता यह निर्धारित करती है कि वह कितना सफल हो सकता है। चूँकि हम सभी यह जानते हैं कि यदि घर पर टकराव होगा तो पेशेवर सफलता प्राप्त करने में कठिनाई बढ़ जाती है।
- संपर्क के लिए समय निकालें। आप जन-संपर्क के लिए कितना समय निकालते हैं ? विषम परिस्थिति के बावजूद स्वस्थ संबंधों के लिए व्यापक जन-संपर्क की आवश्यकता होती है।
- प्रशंसा करने की आदत बनाएँ। क्या आपकी प्रशंसा करने की आदत है, क्या आप जानते हैं कि आप अपने साथी के साथ कैसा

व्यवहार करते हैं ? यहाँ तक कि एक छोटी सी प्रशंसा की टिप्पणी भी एक बड़ा अंतर ला सकती है।

- प्राप्त करने की उम्मीद किए बिना दें। बदले में कुछ ढूँढ़ना बंद करें। अपने दिल की खुशी के लिए अच्छी चीजें करें और इनकी वापसी की उम्मीद न करें। स्वस्थ संबंधों के लिए यह महत्त्वपूर्ण है।
- एक साथ घूमने जाएँ। मोहल्ले या पार्क में घूमने के लिए जाएँ तो समूह में जाएँ। रुकना, हाथ पकड़ना और बात करना, ये छोटी-छोटी बातें रिश्ते में चमत्कार कर सकती हैं।
- कोई भी वह एक काम जरूर करें, जिसे करने में आपको आनंद आता हो। जो भी हो, इससे कोई फर्क नहीं पड़ता कि वह कितना छोटा है या बड़ा।
- स्नेह का प्रदर्शन सार्वजनिक रूप से करें। अपना स्नेह दिखाएँ और इसे सार्वजनिक रूप से करें। यह एक-दूसरे के लिए एक अवचेतन प्रतिबद्धता है और इसका मतलब बहुत है।

सुनें और सीखें। किसी दूसरे व्यक्ति की बात ध्यान से और धैर्यपूर्वक सुनें। दूसरे व्यक्ति के दृष्टिकोण को समझें और कुछ सामान्य मुद्दे खोजकर उन पर एकमत हों।

- दैनिक भलाई का एक छोटा सा कार्य जरूर करें। संबंधों के स्थायित्व में दयालुता के कार्य बहुत महत्त्वपूर्ण हैं। अपने प्रियजन के जीवन को बेहतर बनाने के लिए आप हर दिन जो कर सकते हैं, जरूर करें।
- सुनें और सीखें। किसी दूसरे व्यक्ति की बात ध्यान से और धैर्यपूर्वक सुनें। दूसरे व्यक्ति के दृष्टिकोण को समझें और कुछ सामान्य मुद्दे खोजकर उन पर एकमत हों।
- सप्ताह में कम-से-कम एक दिन अपने परिवार के साथ बिताएँ।

नियमित और एक जैसी आदतें जीवन में बोरियत भर देती हैं।

- महत्त्वपूर्ण तिथियाँ याद रखें। जब कोई हमारे जन्मदिन, वर्षगाँठ की या कुछ अन्य महत्त्वपूर्ण तारीखों को भूल जाता है तो यह अच्छा नहीं लगता है। इन तिथियों को ध्यान में रखें। यदि आवश्यक हो तो अपने सेल फोन में अलार्म लगा लें।

□

2

बेहतर लक्ष्योन्मुख आदतें

- हर कोई अपने लक्ष्य को प्राप्त करने पर केंद्रित है, लेकिन हर कोई इसे हासिल करने में सक्षम नहीं लगता। अध्ययनों से पता चला है कि वास्तव में सौ में से केवल आठ ही लोग अपने दीर्घकालिक लक्ष्यों को प्राप्त करते हैं। हालाँकि, यदि आप अपने लक्ष्यों को प्राप्त करने के लिए कुछ बेहतरीन आदतों का पालन करते हैं, तो आपके एक और संख्या न बनने की संभावना बढ़ जाती है।
- स्मार्ट लक्ष्यों को सेट करें। ये लक्ष्य हो सकते हैं : विशिष्ट, मापनीय, प्राप्य या उपलब्ध, प्रासंगिक और समय संबंधित या उपलब्धि के एक विशिष्ट समय के साथ।
- अपने लक्ष्यों का विश्लेषण करें। हर दिन अपने लक्ष्यों का अध्ययन करने के लिए समय निकालें। यदि आवश्यक हो तो सबसे बड़े और सबसे बेतुके लक्ष्य को प्राप्त करने के लिए दैनिक लक्ष्य या मील के पत्थर सेट करें।
- अपनी प्रगति को ट्रैक करें। जितना बेहतर आप देखते हैं कि आप प्रत्येक दिन कैसे प्रगति करते हैं, उतना अधिक

> ***दृष्टिकोण बनाएँ। इस बारे में सोचें कि आप कितनी दूर आए हैं। दूसरों के जीवन की कल्पना करें। कुछ दृष्टिकोण रखें ताकि आप अपने लक्ष्य तक पहुँचने की कोशिश करते समय निराश न हों।***

संभावना है कि आप समय के साथ अपने लक्ष्यों को प्राप्त करेंगे।

- हर दिन कुछ नया सीखें। आज आप क्या सीख सकते हैं? भले ही आप एक से अधिक विषय सीखने के लिए किताबें पढ़ना या इंटरनेट खँगालना चाहें तो खँगालें।
- उद्‌देश्यों का नमूनाकरण करें। अपने सपनों के घर में जाएँ या उस कार की टेस्ट ड्राइव करें, जिसे आप हमेशा चाहते थे। ब्रोशर लीजिए और इसे और अधिक वास्तविक बनाने की योजना बनाना शुरू करें।
- दृष्टिकोण बनाएँ। इस बारे में सोचें कि आप कितनी दूर आए हैं। दूसरों के जीवन की कल्पना करें। कुछ दृष्टिकोण रखें ताकि आप अपने लक्ष्य तक पहुँचने की कोशिश करते समय निराश न हों।
- मंत्रों का प्रयोग करें। मंत्र और विचार पर बार-बार सोच शक्तिशाली है। लक्ष्यों को प्राप्त करने के लिए अपनी खोज में उनका उपयोग करें। अपने सामान्य नकारात्मक विचारों से फिर से छुटकारा पाने के लिए काम करें।
- मार्गदर्शन प्राप्त करें। उन लोगों के साथ परामर्श करें, जिन्होंने महान् लक्ष्यों को हासिल किया है। आपको आश्चर्य होगा कि कितने लोग आपकी मदद करने को तैयार रहते हैं।

□

3

बेहतर पारस्परिक जुड़ाव की आदतें

जैसा कि कहा गया है, पारस्परिक जुड़ाव सफलता का एक महत्त्वपूर्ण हिस्सा है। इसे आप भी भलीभाँति जानते हैं। इससे सुपरिचित होने के लिए क्या करें?

प्रश्न पूछें

केवल अपने बारे में बात न करें। सवाल बनाएँ। उस व्यक्ति के बारे में जानें, जिससे आप मिलने जा रहे हैं।

स्वयं को व्यवस्थित रखें

हर दिन खुद को ठीक करना सुनिश्चित करें। रोज समय से स्नान करें और अच्छी तरह से तैयार हो जाएँ। आप कभी नहीं जानते कि क्या होने जा रहा है और कौन आपको अपना जीवन बदलने में मदद कर सकता है।

ईमानदार रहें

ईमानदारी अनिवार्य है। गलत काम करने की कोशिश न करें या ऐसा कोई वादा न करें, जिसे आप पूरा नहीं कर सकते। अपने वादे के पक्के रहें और उसका निर्वहन करें।

गुणवर्द्धन करें

दूसरों के जीवन में जीवन-मूल्य जोड़ने के तरीके खोजें। बदले में कुछ पाने की उम्मीद न रखें।

सकारात्मक बनें

नकारात्मक सोच आपके पूरे जीवन को जला सकती है। सकारात्मक रहें। अपने दिमाग में सकारात्मक आदतें बनाएँ। अपने विचारों का हमारे जीवन पर अत्यंत सघन प्रभाव होता है। किसी भी कार्य को करने से पहले उसका विचार जन्म लेता है, फिर उस दिशा में हमारे प्रयास प्रारंभ होते हैं। जिस तरह के विचार होते हैं, उसी तरह के प्रयास और फिर उसी से मिलते-जुलते परिणाम हमें प्राप्त होते हैं। सकारात्मक विचार हमारे जीवन की ऊर्जा को कई गुना बढ़ा देते हैं। यह सर्वविदित है।

जिन्हें आनंद से रहना है, उन्हें विषाद का परहेज रखना होगा। जो धनवान बनना चाहते हैं, दरिद्रता के विचार उनके लिए जहर हैं। जिन बातों से मन में दुःख उत्पन्न होता है, उन्हें त्यागिए। ऐसी बातें आपकी महत्त्वाकांक्षा की पूर्ति के मार्ग की स्थायी समस्याएँ हैं।

किसी भी चीज को जिसे आप पाना चाहते हैं, उसको पाने का एक सरल ढंग है—उसके बारे में निरंतर विचार करना। हर एक पदार्थ का प्रतिबिंब उसके निजी बिंब के अनुसार होता है। दूसरे शब्दों में कहें तो वस्तु प्राय: वैसी ही होती है, जैसा हम उसके बारे में सोचते हैं। इसे यूँ भी समझ सकते हैं कि जिसके बारे में हम जैसा सोचते हैं, ज्ञात-अज्ञात कारणों से हमारा वह विचार उस व्यक्ति तक निश्चित ही संप्रेषित हो जाता है। जैसी हमारी भावनाएँ होंगी, हमारी उपलब्धियाँ भी वैसा ही रूप अख्तियार कर लेती हैं। जिस व्यक्ति को चित्रकार अथवा संगीतज्ञ बनना है, उसे चाहिए कि वह उसी क्षेत्र से संबंधित विचारों को तथा बातों को अपने जीवन का हिस्सा बनाए। किसी भी प्रकार की निराशाजनक बातें और किसी का अहित करके अपना हित साधने की प्रवृत्ति कभी स्थायी सफलता नहीं देती।

जिन्हें आनंद से रहना है, उन्हें विषाद का परहेज रखना होगा। जो धनवान बनना चाहते हैं, दरिद्रता के विचार उनके लिए जहर हैं। जिन बातों से मन में

दु:ख उत्पन्न होता है, उन्हें त्यागिए। ऐसी बातें आपकी महत्त्वाकांक्षा की पूर्ति के मार्ग की स्थायी समस्याएँ हैं। सदैव आशा और विश्वास से परिपूर्ण विचारों का स्वागत कीजिए, थोड़े ही दिनों में आपको आश्चर्य होगा कि आप जिन पदों की, जिन कुरसियों पर बैठने की लंबे समय से इच्छा रखते थे, वे सब आपकी ओर खिंची चले आ रहे हैं।

साधारण रूप से हम सोचते हैं कि विचार हमारे भीतर हैं, परंतु ऐसा नहीं है। विचार सर्वत्र व्याप्त हैं। विचार हमारे भीतर हैं, बाहर हैं, प्रत्येक स्थान पर हैं। सकारात्मक विचारवाले लोग समाज के अन्य व्यक्तियों के मुकाबले अधिक सफल, लोकप्रिय व प्रभावशाली होते हैं। लोग उनकी स्वयं ही मदद करने को तत्पर रहते हैं। उनके बड़े-से-बड़े तथा जटिल समझे जानेवाले कार्य भी मामूली से प्रयासों से सिद्ध होते जाते हैं, मैंने स्वयं ऐसा होते देखा है।

सामाजिक रहें

दूसरों के करीब जाकर उनसे बात करें, भले ही वे आपके पास न आएँ। ज्यादातर लोग स्वाभाविक रूप से शरमीले होते हैं और एक बार जब आप बर्फ पिघलाते हैं, तो दुनिया संभावनाओं से भरी है।

प्रशंसा करें

प्रशंसा बहुत बड़ा बदलाव लाती है। लोगों को बधाई और प्रशंसा सुनना पसंद है; इसलिए इस आदत की शक्ति को खारिज नहीं करना चाहिए। यह पारस्परिक जुड़ाव की अमोघ शक्ति है।

समाजोपयोगी बनें

दूसरों की मदद करने के तरीके खोजें। सवाल पूछें और उन सहकर्मियों की तलाश करें, जहाँ आप किसी समस्या को हल करने या उनके जीवन में अंतर लाने के लिए उनकी मदद कर सकते हैं।

दूसरों के करीब जाकर उनसे बात करें, भले ही वे आपके पास न आएँ। ज्यादातर लोग स्वाभाविक रूप से शरमीले होते हैं और एक बार जब आप बर्फ पिघलाते हैं, तो दुनिया संभावनाओं से भरी है।

जान-पहचान

लोगों से जान-पहचान बढ़ाएँ। आप कभी नहीं जान पाते कि आपकी इस जान-पहचान से क्या चमत्कार हो सकता है।

जनसंपर्क

अपने संपर्कों को पोषित करें। लोगों से खूब मिलें-जुलें। सप्ताह बाद उन्हें भूल न जाएँ। जितनी बार संभव हो सके, लोगों के संपर्क में रहें।

□

4

बेहतर पेशेवर आदतें

ये कुछ बेहतरीन आदतें हैं, जिन्हें आप अपने कॅरियर या कार्यस्थल पर लागू कर सकते हैं, इस पर ध्यान दिए बिना कि क्या आप अपनी कंपनी के मालिक हैं या फिर किसी और के लिए काम करते हैं।

दफ्तर में जल्दी आना

संभव हो तो दफ्तर में समय से पहले पहुँचने की कोशिश करें। आपको इसका तत्काल तो कोई लाभ नहीं मिल सकता, लेकिन समय के साथ आप इसके फायदे देखेंगे।

पहल करें

यदि आपको सुधारने के लिए कोई क्षेत्र मिलता है, तो इसके लिए आगे होकर जुट जाएँ। सक्रिय रहें और लोगों के यह बताने की प्रतीक्षा न करें कि क्या करना है।

अपने कार्यक्षेत्र को व्यवस्थित करें

अपनी जगह को व्यवस्थित करने में हर दिन पाँच मिनट व्यतीत करें। भले ही यह एक समय में सिर्फ एक दराज या एक शेल्फ हो।

व्यवस्थित रहें

तय दिशानिर्देश और सिस्टम बनाएँ, जिन्हें आप हर दिन काम के दौरान लागू कर सकें।

समय के प्रति सचेत बनें

याद रखें, हमारा समय सीमित है। बिल्कुल सीमित। इसे बरबाद न करें। अपने कार्य के लिए जिम्मेदार रहें, भले ही कोई निगरानीवाला न हो।

समस्या हल करना

समस्या हल करनेवाले बनें और उन स्थितियों की तलाश करें, जिन्हें आप अनुकूल परिस्थितियों में ढाल सकते हैं, जिन्हें आप हर दिन सुधार सकते हैं। चाहे यह आपूर्ति श्रृंखला, ग्राहक समस्या या कुछ और हो; यह पता लगाएँ कि आप अपनी कंपनी में कुछ सुधार कर सकते हैं और उन समस्याओं से निपटने के लिए कह सकते हैं। उन्हें अनदेखा न करें।

व्यापार में त्रुटिहीनता महत्त्वपूर्ण है। अस्थायी और वित्तीय—दोनों दृष्टियों से त्रुटियाँ महँगी साबित होती हैं। अपने काम का हमेशा दोहराव करने और तिहराव करने के लिए अपनी पूरी कोशिश करें।

अनुवर्ती बनें

जिम्मेदार रहें और यह देखने के लिए कि आपकी टीम कैसे चल रही है, हर दिन लोगों के साथ अनुवर्ती रहें।

सटीक रहें

व्यापार में त्रुटिहीनता महत्त्वपूर्ण है। अस्थायी और वित्तीय—दोनों दृष्टियों से त्रुटियाँ महँगी साबित होती हैं। अपने काम का हमेशा दोहराव करने और तिहराव करने के लिए अपनी पूरी कोशिश करें।

काम जल्दी करें

समय बरबाद न करें या उन चीजों को धीरे-धीरे न करें, जिन्हें आप तेज कर सकते हैं। बेशक, गति के लिए सटीकता का बलिदान न करें।

स्पष्ट भाषा में लिखें

अच्छे लेखन कौशल का अभ्यास करें। अपनी वर्तनी से अपने व्याकरण तक। यह व्यवसाय में महत्त्वपूर्ण है और आप जिस प्रकार के व्यक्ति हैं, उसे दरशाता है।

सर्वग्राही, संपूर्ण रहें

हमेशा अपना काम सौ फीसदी सही करने का प्रयास करें।

जिम्मेदारी लें

यदि आप गलतियाँ करते हैं, तो उन्हें स्वीकार करें। यदि आप कुछ सही करते हैं, तो 'इसे नीचे दबाएँ'।

दयालु रहें

दूसरों के साथ दोस्ताना बर्ताव करने का एक भी मौका हाथ से न जाने दें। झूठे दोस्त न बनें, बल्कि यथार्थ दयालु बनें।

विनम्र रहें

इसे एक आदत बनाएँ। आवश्यक होने पर माफी माँगें और इस आदत को कार्यान्वित करें।

□

5

बेहतर संगठनात्मक आदतें

विभिन्न वैज्ञानिक अध्ययनों से निष्कर्ष निकला है कि शारीरिक विकार हमें अपने लक्ष्यों से, सफलता से दूर कर सकता है। याद रखे, साफ घर से ही सफलता की शुरुआत होती है।

अपने घर को सबकुछ दें

प्रत्येक दिन घर की चीजों को सुव्यवस्थित करने में थोड़ा समय बिताएँ। घर की चीजों को आप जहाँ से उठाते हैं, इस्तेमाल करने के बाद उन्हें वापस नियत स्थान पर रख सकते हैं।

टुकड़ों में व्यवस्थित करें

दराज से शुरू करके शेल्फ तक और विधिवत् रूप से, यह तब तक जारी रहता है, जब तक कि आपके कंप्यूटर की डेस्क और उसके फोल्डरों सहित सबकुछ व्यवस्थित न हो जाए।

उपयोग के बाद सफाई

घर की चीजों की बारी-बारी से सफाई करें। स्नान के बाद या सप्ताह में एक बार शॉवर या बाथरूम या रसोईघर या पूरे घर में कहीं भी, सफाई की आदत बनाएँ।

कैलेंडर का उपयोग करें

प्रति सप्ताह विशिष्ट गतिविधियों के अनुपालन हेतु दिन-प्रतिदिन को व्यवस्थित रखने के लिए कैलेंडर सिस्टम लागू करें।

सूचियाँ बनाएँ

हमेशा किए जानेवाले सभी कार्यों के लिए सूचियाँ बनाएँ। लंबित कार्यों को पूरा करें।

काम टालने की आदत न बनाएँ

पंद्रह मिनट के नियम का पालन करें। फोन पर टाइमर लगाएँ, जो हर 15 मिनट में आपको सूचित करता रहे कि आपने काम को टाला है।

भीतरी आलोचक की उपेक्षा करें

हम सभी के दिमाग में एक नकारात्मक आवाज मौजूद रहती है; लेकिन जितना बेहतर तरीके से आप अपने भीतर के आलोचक को त्याग देते हैं, उतनी ही प्रगति आप अपने जीवन के असीमित विविध क्षेत्रों में करेंगे।

निर्णायक बनें

आप जो चाहते हैं, उसके प्रति निर्णायक बनें और तीव्र ऊर्जा के साथ निरंतर इसका पीछा करें।

समीक्षा और प्राथमिकता

आपकी प्राथमिकता में सबसे महत्त्वपूर्ण जो हो, उसे प्राप्त करने के लिए सही ऊर्जा को समर्पित करें।

बाधाओं की कसौटी

हमारे जीवन और कार्य में हमारे सम्मुख आनेवाली बाधाएँ वास्तव में हमें और निखारतीं तथा सँवारती हैं। यह बात सर्वविदित है कि अग्नि की तेज लपटों को सहकर ही सोना कुंदन बनता है। महात्मा गांधी कहा करते थे कि कुछ युद्ध ऐसे भी हैं, जिनमें हारना ही विजय है। एक कहावत यह भी है कि

हमारे जीवन और कार्य में हमारे सम्मुख आनेवाली बाधाएँ वास्तव में हमें और निखारतीं तथा सँवारती हैं। यह बात सर्वविदित है कि अग्नि की तेज लपटों को सहकर ही सोना कुंदन बनता है। महात्मा गांधी कहा करते थे कि कुछ युद्ध ऐसे भी हैं, जिनमें हारना ही विजय है।

कुछ भी प्रयास न करने की बजाय प्रयास करके असफल हो जाना कहीं बेहतर है। वास्तव में कोई भी हार हमें यह नहीं बताती कि हममें योग्यता की कमी है, वह बताती है कि हमारे प्रयासों में कहीं-न-कहीं कोई कमी रही है, जिसे हम चाहें तो अपने प्रयासों द्वारा ठीक कर सकते हैं। हमारी सफलता के मार्ग में अवरोध बनकर जो बाधाएँ प्रकट होती हैं, उन्हें अपनी समझ-बूझ द्वारा हटाया जाना संभव है।

> ***हमें चाहिए कि हम स्वीकारना सीखें और अपनी गलती तथा उपलब्धियों के साथ अपनी कोशिशों को भी ईमानदारी के साथ देखें। अपने प्रयासों में पूर्णता तथा इरादों में पवित्रता लेकर कार्य करनेवाले लोग एक हजार बार हारकर भी अंततः जीत जाते हैं। अपनी मौलिकता को बचाए रखकर काम करनेवाले व्यक्ति की जीत सुनिश्चित है।***

मनुष्य को बारंबार प्रयास की और धैर्यपूर्वक प्रतीक्षा करने की भी आवश्यकता है, क्योंकि बहुत बार यह भी देखा गया है कि जब हमारे हाथ समुद्र की तलहटी में छिपे बहुमल्य मोतियों तक पहुँचने के समीप होते हैं, तब तक हम थक-हारकर वापस किनारे की ओर प्रस्थान कर जाते हैं। थोड़ी देर यदि है और रुके होते तो निश्चित ही कामयाब हो जाते। एक बात का और ध्यान रखना जरूरी है कि जीवन में मिलनेवाली प्रत्येक कीमती चीज अपनी कीमत अवश्य वसूलती है।

दरअसल बहुत बार हम अपने प्रयासों में इसलिए कामयाब नहीं हो पाते कि हम अपनी मंजिल की रुकावटों के बारे में सटीक अंदाजा नहीं लगा पाते। बहुत बार ऐसा होता है कि हमारी साहसिक गलतियाँ ही हमारी सफलता की सीढ़ियों में परिवर्तित हो जाती हैं। पराजय हमारी असफलता का कारण नहीं है, बल्कि पराजय में जो सीख, शिक्षा और अनुभव छिपा है, उसे न पहचान पाना ही हमें असफल बनाता है। हमें चाहिए कि हम स्वीकारना सीखें और अपनी गलती तथा उपलब्धियों के साथ अपनी कोशिशों को भी ईमानदारी के साथ देखें। अपने प्रयासों में पूर्णता तथा इरादों में

पवित्रता लेकर कार्य करनेवाले लोग एक हजार बार हारकर भी अंततः जीत जाते हैं। अपनी मौलिकता को बचाए रखकर काम करनेवाले व्यक्ति की जीत सुनिश्चित है।

बाधाओं पर विजय प्राप्ति के लिए हमें एक गुरुत्तर व्यवस्था निर्मित करनी होती है। यह नहीं समझना चाहिए कि सिर्फ दृढ इच्छाशक्ति के सहारे ही हम सफलता को अर्जित कर लेंगे। दृढ इच्छाशक्ति सफलता की कुंजी अवश्य है, परंतु उस कुंजी को साफ करना, उसे ताले में लगाना और घुमाने का हुनर भी हमें आना चाहिए। रास्ते में आनेवाली रुकावटों को दूर करके ही हम अपनी वास्तविक मंजिल तक पहुँच सकते हैं। आँखों पर पट्टी बाँधकर भागने से मार्ग तय नहीं होता। विवेक और ज्ञान की ज्योति के साथ अंधकारपूर्ण पथ पर भी उपलब्धियों के सुनहरे दीपक जगमगाए जा सकते हैं। विवेक और ज्ञान के साथ उद्यम करने से मार्ग में खड़ा पहाड़ भी हटाया जा सकता है, या उसके ऊपर मार्ग निकाला जा सकता है, लेकिन उस पर्वत से सिर फोड़ने से कोई लाभ नहीं हो सकता, जहाँ मार्ग नहीं बन सकता।

आदमी की असली शिक्षा स्कूल और कॉलेज में नहीं होती, कष्टों और अभावों के बीच होती है। कठिनाइयों पर विजय प्राप्त करने के लिए जो प्रयत्न और दौड़-धूप करता है, उसी को सफलता प्राप्त होती है। यदि कठिनाइयाँ न होतीं तो सफलता भी न होती। संग्राम ही न हो तो जय या विजय कहाँ से प्राप्त हो? सफलता या विजय प्राप्त करने के लिए जो प्रयत्न किया जाता है, उसी से मनुष्य की उन्नति होती है। जितनी अधिक आपत्तियाँ सहकर मनुष्य सफलता प्राप्त करता है, उसकी सफलता उतनी ही अधिक महत्त्वपूर्ण होती है।

□

6

आध्यात्मिकता की सबसे अच्छी आदतें

आध्यात्मिकता और ब्रह्मांड से हमारा संबंध जीवन में सफलता के लिए महत्त्वपूर्ण तत्त्व है। यदि आप ईश्वर या आध्यात्मिक एकता में विश्वास करते हैं, जो हम सभी को एकजुट करती है, तो ध्यान केंद्रित करने और शांत रहने के लिए आप निम्न कुछ बेहतरीन आदतों को अपनी चहुँमुखी सफलता हेतु जीवन में अपना सकते हैं।

देने की आदत

उदार बनें। बदले में वापसी की इच्छा न रखें। यह सिर्फ पैसा दान करने के बारे में नहीं है। अपनी ऊर्जा या कुछ मूर्त दान करें, जिससे जरूरतमंदों की वास्तविक सहायता हो।

'हाँ' कहने की आदत

आप कभी नहीं जानते कि जब आप अपना सुविधा क्षेत्र छोड़ेंगे तो क्या होगा। अतिरंजित न करें, लेकिन समय-समय पर चीजों को 'हाँ' कहने की आदत डालें।

संभावनाओं की कल्पना

बहुतायत के बारे में सोचें और अभाव को खारिज करें, क्योंकि यह आपके दिमाग में तेजी से उभरता है।

अपने आशीर्वाद की गणना करें

आभारी होना सीखें। आपको इस दुनिया में बहुत कुछ मिला है। कोई फर्क नहीं पड़ता कि यह कितना छोटा है, प्रतिदिन अपने आशीर्वाद गिनें।

दूसरों को स्वीकार करें

क्षमा करें और जीने दें। क्रोध से चिपके न रहें। अगर कोई आप से अलग है, तो यह ठीक है। हम सब अद्वितीय हैं, इससे कोई फर्क नहीं पड़ता कि कोई बाहरी की तरह दिखता है। हम सभी एक ही स्रोत से आते हैं।

थोड़ा हँस लें

हँसी स्वास्थ्य है। सबकुछ गंभीरता से न लें। हर दिन हँसें; इससे कोई फर्क नहीं पड़ता कि आपकी वर्तमान स्थिति क्या है।

गुलाब की सुगंध

हाँ, इसकी सचमुच गुलाब की सी सुगंध है। जीवन में सबसे सरल चीजों में भी सुंदरता देखें, जिन्हें हम सभी महत्त्वहीन मानते हैं। यह दुनिया वास्तव में एक चमत्कार है।

जरूरतमंदों को अपना समय देकर सहयोग प्रदान करें। सहायता करें, जहाँ आप कर सकते हैं। अगर शुरुआत में आपको खारिज कर दिया जाता है तो भी सहयोग और समर्थन प्रदान करते रहें।

असली मुसकान बिखेरना

हमारा शारीरिक विज्ञान हमारे मनोविज्ञान को प्रभावित करता है। तो असली मुसकान बिखेरें और देखें कि आपका जीवन कैसे बदलता है।

समूह या संगठन से जुड़ाव

किसी समूह में से जब भी मिलें, आत्मीयता के साथ मिलें। यह सिर्फ किसी धर्म विशेष तक ही सीमित न रखें, बल्कि आम जीवन-मूल्योंवाले लोगों के साथ भी लागू करें।

समय दान करना

जरूरतमंदों को अपना समय देकर सहयोग प्रदान करें। सहायता करें, जहाँ आप कर सकते हैं। अगर शुरुआत में आपको खारिज कर दिया जाता है तो भी सहयोग और समर्थन प्रदान करते रहें।

संदेह से बचाव

संदेह और संशय हमारी कामयाबी के मार्ग के अवरोधक हैं। जब हमारा मन दो हिस्सों में बँटा होता है, तब हमारी शक्ति भी दो अलग-अलग दिशाओं में विभक्त हो जाती है। इसे इस तरह भी समझ सकते हैं कि हम जितने हिस्सों में बँटकर जो कार्य करते हैं, इसके परिणाम भी उतने ही हिस्सों में विभक्त होकर हम तक पहुँचते हैं।

जिस समय हमारे मन में संदेह होता है, उस समय हमसे कोई रचनात्मक कार्य प्रभावशाली ढंग से नहीं हो सकता। हमें चाहिए कि हम संदेह को तुरंत त्याग दें, क्योंकि वह हमारे सामने उसी संकट को ला खड़ा करता है, जिससे हम भयभीत रहते हैं। संदेह हमारी संकट-निरोध शक्ति को क्षीण करता है।

सामान्यत: संदेह हमारे मन में एक प्रकार की अप्रत्यक्ष चिंता को जन्म देता है। फलस्वरूप हमारा मन उस कार्य विशेष को करने के प्रति अपेक्षित आदेश ग्रहण नहीं कर पाता। अनमने मन से जब हम किसी कार्य को करते हैं तो वह कभी भी ठीक नहीं होता। व्यावहारिक रूप से जिस व्यक्ति के सामने हमारा वह कार्य प्रस्तुत होता है, वह हमारी योग्यता को उतनी ही सीमा रेखा के अंतर्गत मापकर देखता है। हमें ध्यान रखना चाहिए कि जीवन और कार्य क्षेत्र की चुनौतियों के बीच बहानेबाजी के लिए कोई गुंजाइश कभी भी नहीं होती।

जीवन में बहुत बार ऐसा भी होता है कि किसी एक कार्य को अज्ञात संदेह के चलते हम या तो स्वीकार नहीं करते या उसे करने में दिलचस्पी नहीं दिखाते। कई बार वही कार्य दूसरे लोगों के लिए कामयाबी की एक मिसाल बन जाता है।

जिस समय हमारे मन में संदेह होता है, उस समय हमसे कोई रचनात्मक कार्य प्रभावशाली ढंग से नहीं हो सकता। हमें चाहिए कि हम संदेह को तुरंत त्याग दें, क्योंकि वह हमारे सामने उसी संकट को ला खड़ा करता है, जिससे हम भयभीत रहते हैं। संदेह हमारी संकट-निरोध शक्ति को क्षीण करता है। होता यह है कि संदेह हमारे आत्मविश्वास और कार्य को सफलतापूर्वक करने के लिए हमें जिस चिंतन की आवश्यकता होती है, उसको भी कमजोर करने का कार्य करता है। जब तक मन अशांत है, तब तक वह कभी भी प्रभावशाली ढंग से नहीं सोच सकता है। वह किसी भी रचनात्मक विचार या कार्य को जन्म नहीं दे सकता। संदेह स्वाभाविक रूप से हमारे मनन और चिंतन करने की प्रक्रिया को भी निष्क्रिय बनाता है और हमारी शक्ति को भी कम करता है।

हमें यह भी याद रखना चाहिए कि जितना अधिक विश्वास, उतना अधिक प्रेम और जितना अधिक प्रेम, उतना अधिक विश्वास। प्रेम और विश्वास एक-दूसरे के पूरक हैं। विश्वास के अभाव में किया जानेवाला प्रेम स्वार्थ का मुलम्मा चढ़ा ऐसा कड़वा कैप्सूल है, जिसे आप सटक तो लेंगे, लेकिन बाद में उसके कड़वे अनुभव आपके पूरे जीवन को कसैला कर देंगे।

बहुत सी परिस्थितियों पर हमारा कोई वश नहीं होता, परंतु फिर भी उम्मीद की ज्योति हमारे चुनौती पथ को प्रकाशित करती रहती है। स्थितियाँ कितनी भी नकारात्मक क्यों न हों, हमें उनमें उज्ज्वल पक्ष खोज निकालना ही चाहिए।

बहुत बार अनावश्यक सोच-विचार एवं संदेह करते रहने से स्वास्थ्य और भी बिगड़ जाता है। संदेह से भरा व्यक्ति जब कभी बीमारी के क्षणों में होता है तो काल्पनिक संकटों एवं पलायनवादी प्रवृत्ति से केंद्रीय तंत्रिका प्रणाली प्रभावित होती है। चूँकि बीमार व्यक्ति लेटे रहने के अलावा कुछ नहीं कर सकता, अतः इस तरह की सोच से तनाव पैदा होता है, उससे स्वास्थ्य को भयंकर हानि पहुँचती है।

बहुत सी परिस्थितियों पर हमारा कोई वश नहीं होता, परंतु फिर भी

उम्मीद की ज्योति हमारे चुनौती पथ को प्रकाशित करती रहती है। स्थितियाँ कितनी भी नकारात्मक क्यों न हों, हमें उनमें उज्ज्वल पक्ष खोज निकालना ही चाहिए। जीवन-संग्राम के विस्तारित अध्यायों पर गौर करें तो स्पष्ट होता है कि जो लोग किसी भी तरह की आस्था को जिंदा रखते हैं, वे बुरी-से-बुरी परिस्थितियों को हँसते-हँसते झेल जाते हैं।

□

7

स्थायी सफलता प्राप्ति के रहस्य

यदि आप अत्यधिक सफल लोगों को देखते हैं तो पाते हैं कि महानता का मार्ग प्राय: मोड़-तोड़ से भरा होता है। सफल लोग जीवन में कई घुमाव लेते हैं। उनके पास गैर-पारंपरिक अवसरों को पहचानने की समझ होती है, युक्ति होती है। सफलता प्राप्ति के ये वे रहस्य हैं, जो जग जाहिर हैं। हमें इन्हें अपनाना भर है। आइए इनसे रू-ब-रू हुआ जाए।

उत्तराधिकार की लंबी लाइन में इंतजार करने की बजाय उन रास्तों पर चलना शुरू करें, जिन पर चलने से दूसरे लोग कतराते हैं। उन परियोजनाओं को हाथ में लें, जो आपके टूलबॉक्स में एक अद्वितीय कौशल जोड़ती हैं। उन लोगों से मिलने के तरीके ढूँढ़ें, जिनकी आप प्रशंसा करते हैं या जो अप्रत्याशित अवसरों की तलाश करते हैं। रचनात्मक होने से डरें मत; याद रखें कि एक ही स्थान पर जाने के कई तरीके हैं।

अपने योगदान को पहचानें। सफल लोग नियमित रूप से अपने कौशल की सूची बना लेते हैं और प्रतिक्रिया और सुधार करने के लिए इसका उपयोग करते हैं। इस प्रकार यदि कारोबार में उन्हें घाटा भी होता है तो उसकी अद्यतन जानकारी उनके पास होती है।

सलाहकारों और गुरुजन से अपनी ताकत और कमजोरियों का मूल्यांकन करने के लिए कहें और अपने कौशल को यथासंभव सउद्देश्य मापें। उस जानकारी का उपयोग यह जानने के लिए करें कि आपको अपनी शक्तियों को और सक्षम करने और अपनी कमजोरियों को दूर करने के लिए क्या सीखना या

अभ्यास करना चाहिए। डर या गर्व की पूर्ति के लिए आलोचना से दूर न हों।

एक लक्ष्य पर ध्यान केंद्रित करें। एक लक्ष्य चुनने और विचलित हुए बिना इसके आस-पास काम करने की क्षमता सफल लोगों में आमतौर पर दृढ होती है। उनके पास एक मजबूत केंद्रित दृष्टि होती है, जो सोचने और निष्पादित करने की उनकी क्षमता को बढ़ाती है।

प्राथमिकताओं की एक सूची बनाएँ और अनुसरण करने के अवसरों का चयन करने के लिए इसका उपयोग करें। चूके अवसर के भ्रम में मूर्ख न बनें, जब आपके पास पाने के लिए सबकुछ हो। अपना लक्ष्य सुनिश्चित करें और विचलित न हों।

> ***अपनी खुद की सीमाओं का परीक्षण उन जोखिमों की तलाश में करें, जिनसे एक ही समय में आप कुछ हद तक असहज महसूस करते हैं, उत्साहित और चिंतित भी। आपके पास एक इष्टतम जोखिम-सीमा है, जिसे आपको जाँचना और समझना सीखना चाहिए। जितना अधिक आप जोखिम लेते हैं—बड़े और छोटे भविष्य में आपको सटीक बिंदु ढूँढ़ना उतना ही आसान होगा।***

अपने सुविधा-क्षेत्र की सीमा से निकलें। यदि आप वास्तव में उत्कृष्टता प्राप्त करना चाहते हैं तो जोखिम आवश्यक हैं और सफल लोग स्पष्ट रूप से जोखिम लेते हैं कि वे कितना खड़े हो सकते हैं। वे जोखिम को कम कर सकते हैं। वे अपने सुविधा-क्षेत्र से बाहर होते हैं, लेकिन वे पागल नहीं होते।

अपनी खुद की सीमाओं का परीक्षण उन जोखिमों की तलाश में करें, जिनसे एक ही समय में आप कुछ हद तक असहज महसूस करते हैं, उत्साहित और चिंतित भी। आपके पास एक इष्टतम जोखिम-सीमा है, जिसे आपको जाँचना और समझना सीखना चाहिए। जितना अधिक आप जोखिम लेते हैं—बड़े और छोटे भविष्य में आपको सटीक बिंदु ढूँढ़ना उतना ही आसान होगा।

अपनी ऊर्जा को दैनिक कार्यों में लगाएँ। सफल लोग अपने लक्ष्यों को

प्राप्त करने के लिए अथक रूप से काम करते हैं। वे एक दीप्त आंतरिक ऊर्जा से प्रेरित होते हैं, जो उन्हें आगे बढ़ने की प्रेरणा देती है, भले ही वे असफलताओं का सामना करते हैं या जब सफलता दूर दिखाई देती है, वे इस प्रक्रिया को जारी रखते हैं और इसमें निवेश करते रहते हैं।

अंतिम लक्ष्य की प्रतीक्षा करने की बजाय, इसे बनाने के दैनिक अभ्यास में खुद को समर्पित करें। आनंद लेने की प्रक्रिया को सीख लेने पर आवश्यक प्रतिरोध विकसित करने में आपको मदद मिलती है। आपको सफलता की खोज का आनंद लेना चाहिए।

असफलता शिक्षक की तरह

दो ही प्रकार के व्यक्ति वस्तुतः जीवन में असफल होते हैं, एक तो वे, जो सोचते हैं, पर उसे कार्य का रूप नहीं देते और दूसरे वे, जो कार्य-रूप में परिणत तो कर देते हैं, पर सोचते कभी नहीं। असफलता हमारी शिक्षक होनी चाहिए, हमारा अंत करनेवाली नहीं। असफलता देरी है, हार नहीं। यह एक अस्थायी चक्कर है, गतिरोध नहीं। असफलता से हम केवल न कुछ बोलकर, न कुछ करके और न कुछ बनकर बच सकते हैं।

जीवन के आरंभ में ही कुछ असफलताएँ मिल जाने का बहुत अधिक व्यावहारिक महत्त्व है। मैं असफलता को स्वीकार कर सकता हूँ, हर कोई किसी-न-किसी चीज में विफल होता है, लेकिन मैं प्रयास न करना नहीं स्वीकार कर सकता।

चुनौतियों से खेलिए

हम सबकी कमजोरी यह है कि हम खेलने में कम, उसकी हार-जीत में अधिक दिलचस्पी रखते हैं। हम जमकर खेलना नहीं चाहते और सपने देखते हैं कि सुरक्षित तरीके से कोई व्यक्ति आकर जीत को हमारी गोद में रख जाए। बहुत से लोग हैं, जो अपनी गलतियों को रोमांचक नहीं बना पाते। हमें अपने बारे में, अपने प्रयासों के बारे में विचार करना चाहिए। हमें बिना किसी हील-हुज्जत के अपनी खूबियाँ और खामियाँ कबूल करनी चाहिए।

विद्या, वीरता, बुद्धि, साहस, शक्ति और धैर्य हमारे ऐसे सच्चे मित्र हैं, जो हमारी मुसीबत के क्षणों में सहायता करते हैं। बुरे वक्त में ये हमारे वास्तविक हितैषी हैं। इन्हें साथ रखनेवाला व्यक्ति निश्चित ही कामयाब होगा। बहुत सी चुनौतियों से आँखें चार करके जिन लोगों ने कामयाबी पाई है, वे ही इसका सच्चा सुख भी भोग सकते हैं।

हमें अपने जीवन में खिलाड़ी जैसा व्यवहार अपनाना चाहिए, क्योंकि जिस जीत में जोखिम का मिश्रण नहीं होता, उसके स्वाद में भी मजा नहीं आता। हमारा इतिहास ऐसे अनेक उदाहरणों से भरा पड़ा है, जब व्यक्तियों ने अपनी पूरी शक्ति और सामर्थ्य को झोंककर अपने जीवन का दाँव खेला और वे सफल रहे।

विद्या, वीरता, बुद्धि, साहस, शक्ति और धैर्य हमारे ऐसे सच्चे मित्र हैं, जो हमारी मुसीबत के क्षणों में सहायता करते हैं। बुरे वक्त में ये हमारे वास्तविक हितैषी हैं। इन्हें साथ रखनेवाला व्यक्ति निश्चित ही कामयाब होगा। बहुत सी चुनौतियों से आँखें चार करके जिन लोगों ने कामयाबी पाई है, वे ही इसका सच्चा सुख भी भोग सकते हैं। चुनौतियों से जूझते-जूझते हमारे भीतर एक अकाट्य शक्ति उत्पन्न हो जाती है, जो हमें जीवन मार्ग में आनेवाली समस्त बाधाओं से उबारती है।

निश्चित रूप से जीवन में करने के लिए अनंत संभावनाएँ हैं। हमें जीवन की विराटता का गहराई से अनुभव करना चाहिए और फिर प्रत्येक चुनौती का अपनी संपूर्ण क्षमता एवं योग्यता के साथ सामना करना चाहिए।

□

8

उत्पादक बनना

उत्पादक होने पर ध्यान केंद्रित करें, जो व्यस्त होने से बहुत अलग है। अपनी शब्दावली में से 'मैं व्यस्त हूँ' वाक्यांश को निकाल दें। सभी लोगों के पास रात-दिन में 24 घंटे हैं। यह आप पर निर्भर है कि आप अपने लिए किन प्राथमिक कार्यों को तय करते हैं। जब आप सोकर उठते हैं, तो अपने आप को एक ऐसा काम करने के लिए समर्पित करें, जिससे आपके जीवन में फर्क पड़ता हो। यह आपका मुख्य काम होगा। स्वयं को हर दिन एक महत्त्वपूर्ण कार्य सौंपें और इसका अनुपालन करें।

आप जो कुछ भी करते हैं—नौकरी या अपना व्यवसाय, उसे कुछ महत्त्व प्रदान करना होगा। आपकी सफलता इस सीमा तक निर्धारित होगी कि आप दूसरों को कितना महत्त्व प्रदान करने में सक्षम हैं। निश्चित रूप से आपके क्षेत्र में आपके प्रतियोगी मौजूद होंगे। यदि आप अपनी नौकरी या व्यवसाय में अपने प्रतिस्पर्धियों से अधिक महत्त्व प्रदान करने में सक्षम हैं तो आप उनसे ऊपर रहेंगे।

दोस्तों का चुनाव जाँच-परखकर करें। अपने आप को दिलचस्प लोगों के साथ जोड़ें; लेकिन सबसे ऊपर, सकारात्मक बनें और अपनी रुचियों को आगे रखें।

आपको क्या पसंद है और आप कौन सा काम भलीभाँति कर सकते हैं, इसके अनुसार खुद को समर्पित करें। आदर्श वह नौकरी ढूँढ़ना है, जिसे आप वास्तव में पसंद करते हैं और उसमें आप अच्छे हैं। इस तरह आप दूसरों से

अलग खड़े हो सकते हैं और सर्वश्रेष्ठ बनने की कोशिश कर सकते हैं। यदि आप अपनी पसंद का कुछ चुनते हैं, तो सुनिश्चित करें कि आप इसे उत्साह और जुनून के साथ करेंगे।

अपने सुविधा-क्षेत्र को छोड़ने के लिए तैयार रहें। अधिकांश लोग अपने सुविधा-क्षेत्र में ही बने रहना चाहते हैं। जब आप एक ही चीज को हमेशा और बार-बार करते हैं तो आप जादू प्रकट होने की उम्मीद नहीं कर सकते। एक कदम आगे बढ़ना और नई चीजें करना शुरू करना आवश्यक है। असफलता का डर ही आमतौर पर वह प्रमुख कारण होता है कि लोग अपने सुविधा-क्षेत्र को नहीं छोड़ना चाहते।

संगति सफलता की कुंजी है। जीवन की किसी भी गतिविधि में, यदि आप अन्य लोगों से अलग खड़े होना चाहते हैं तो दृढता जरूरी हो जाती है।

सफल लोगों और बाकी के बीच का अंतर यह है कि वे इस तरह की असफलताओं का सामना कैसे करते हैं। यदि आप अपनी विफलताओं का उपयोग अपनी गतिविधियों को बेहतर बनाने और फिर से शुरुआत करने के अवसर के रूप में करते हैं, तो आप जो भी कर रहे हैं, उसमें सफलता की उम्मीद बढ़ जाती है।

असफलताओं से निराश न हों। जीवन में असफलता अनिवार्य है। ऐसा कोई व्यक्ति नहीं होता, जिसने अपने जीवन में विफलता का स्वाद नहीं चखा होता। सफल लोगों और बाकी के बीच का अंतर यह है कि वे इस तरह की असफलताओं का सामना कैसे करते हैं। यदि आप अपनी विफलताओं का उपयोग अपनी गतिविधियों को बेहतर बनाने और फिर से शुरुआत करने के अवसर के रूप में करते हैं, तो आप जो भी कर रहे हैं, उसमें सफलता की उम्मीद बढ़ जाती है।

निष्क्रियता से बचें। बिस्तर और सोफे सफल जीवन के हत्यारे हैं। बिस्तर रात में आराम के लिए है, न कि पड़कर सोने और झूठ बोलने के लिए। उठें और चल पड़ें। नई दिशाओं के बारे में सोचें, जो आप अपने जीवन को दे सकते

हैं और जो आप चाहते हैं, उसे प्राप्त करने में आपकी मदद कर सकते हैं।

उन चीजों को ज्यों-का-त्यों स्वीकार करें, जिन्हें आप बदल नहीं सकते। उन चीजों पर अपना समय और ऊर्जा बरबाद न करें, जो आपके ऊपर निर्भर नहीं हैं। उन चीजों पर ध्यान केंद्रित करें, जिन्हें आप वास्तव में सुधार सकते हैं।

स्वयं को प्रेरित करने के लिए हर दिन कुछ समय बिताएँ। हम सभी को याद रखना होगा कि हम उस गतिविधि में इतना समय क्यों बिताते हैं, जिसमें हम खड़े रहना चाहते हैं। शायद आप अधिक पैसा, प्रसिद्धि, मान्यता प्राप्त करना चाहते हैं...जो कुछ भी कारण है, आपको याद रखना चाहिए कि आप ऐसा क्यों करते हैं और उस समय अपने दिमाग में कल्पना करते हैं, जब आप अपना लक्ष्य प्राप्त करेंगे।

काम शुरू करने के बाद जल्दी ही हम एक चीज से दूसरी चीज पर पहुँचने लगते हैं। लोगों से हमारे संपर्क का दायरा विस्तृत होता चला जाता है। हम उन चीजों के बारे में जानने लगते हैं, जिनसे हम कल तक अनभिज्ञ थे, साथ ही हमें ऐसे अवसरों का भी ज्ञान होता है, जो हमें हमारी वास्तविक प्रतिभा को उजागर करने में मदद करते हैं।

जमे रहिए

सफलता की यात्रा धीरे-धीरे और क्रमिक विकास से जुड़ी है। सभी जानते हैं कि किसी भी बड़े सफर की शुरुआत पहले कदम से ही होती है। जिन लोगों ने अपने सपनों को साकार करने की दिशा में प्रगति की है, वे जानते हैं कि शुरुआती दिनों में छोटी-छोटी उपलब्धियाँ भी उनके लिए बहुत बड़ी ऊर्जा का कार्य करती थीं। वास्तव में होता क्या है कि हमारी छोटी-छोटी सफलताएँ ही एकत्रित होकर हमारे लिए एक बड़ी सफलता का कारण बनती हैं। इसे यों भी कह सकते हैं कि एक-एक सफलता को जोड़कर हम एक ऐसा सेतु निर्मित कर लेते हैं, जिस पर हमारी प्रगति का रथ फिर बिना रुके दौड़ता ही चला जाता है।

काम शुरू करने के बाद जल्दी ही हम एक चीज से दूसरी चीज पर पहुँचने लगते हैं। लोगों से हमारे संपर्क का दायरा विस्तृत होता चला जाता है। हम उन चीजों के बारे में जानने लगते हैं, जिनसे हम कल तक अनभिज्ञ थे, साथ ही हमें ऐसे अवसरों का भी ज्ञान होता है, जो हमें हमारी वास्तविक प्रतिभा को उजागर करने में मदद करते हैं। हम स्वाभाविक रूप से इतने आत्मविश्वास और ऊर्जा से भर जाते हैं कि उन सपनों को और इच्छाओं को पूरा कर दिखाते हैं, जिनके लिए दुनिया के लाखों लोग सिर्फ सोचते ही रहते हैं।

ध्यान रखिए हमें जो अवसर मिलते हैं, उनमें से ज्यादातर संयोगवश होते हैं, परंतु ऐसे संयोग सिर्फ उन्हीं लोगों को प्राप्त होते हैं, जो उन संयोगों को सफलता में परिवर्तित करने की कला जानते हैं। जो समुद्र में जाल फैलाकर खड़े रहते हैं, मछलियाँ उन्हीं के हिस्से आती हैं। ऐसे मौके उन लोगों की किस्मत में नहीं होते, जो दरवाजे बंद करके घर में बैठकर सिर्फ खयाली पुलाव पकाते हैं। प्रत्येक व्यक्ति के अंदर कोई-न-कोई ऐसी खूबी अवश्य होती है, जिसके कारण वह सभी से अलग दिखता है। प्रतिभाशाली लोग अपनी उसी खूबी का इतना विकास कर लेते हैं कि वह उनके व्यक्तित्व का एक परिचय बन जाती है।

समुचित शिक्षा, विषय का व्यावहारिक ज्ञान, सकारात्मक सोच आदि ऐसे गुण हैं, जिनके बल पर हम अपने मस्तिष्क की प्रखरता को बढ़ा सकते हैं। याद रखिए हमारी बुद्धिमत्ता ही हमें बहुत से संकटों से उबारकर हमारे लिए वास्तविक सफलता का कारण बनती है। अपने उद्देश्यों, अपने कार्यों और अपनी कमजोरियों की एक लिस्ट तैयार कीजिए। थोड़े-थोड़े दिन बाद उनमें क्या बदलाव आया है, उसको परखते रहिए। थोड़े ही समय बाद आपको अपने व्यक्तित्व में एक

> ***जीवन में जो भी कार्य करें, उसको सौ प्रतिशत करने की आदत डालिए। क्योंकि पूरे मन और पूरे भाव से किया गया कार्य निश्चित ही अच्छा परिणाम लाता है। अपने उद्‍देश्यों को प्राप्त करने के लिए अपने शरीर की शक्ति का सम्यक् दिशा में उपयोग कीजिए।***

सकारात्मक बदलाव आता दिखाई देगा।

जीवन में जो भी कार्य करें, उसको सौ प्रतिशत करने की आदत डालिए। क्योंकि पूरे मन और पूरे भाव से किया गया कार्य निश्चित ही अच्छा परिणाम लाता है। अपने उद्देश्यों को प्राप्त करने के लिए अपने शरीर की शक्ति का सम्यक् दिशा में उपयोग कीजिए।

नकारात्मक विचारों से बचकर और अपनी श्वास की गति को सही आयाम में निर्धारित करने से आप अपनी क्षमता का सर्वोच्च उपयोग कर सकते हैं। उदाहरण के लिए छोड़ी जानेवाली प्रत्येक साँस के साथ किसी एक शब्द पर ध्यान केंद्रित कीजिए, इस प्रक्रिया के दोहराने से एक ही पल में आप अपूर्व शांति और अनंत धैर्य का अनुभव करने लगेंगे। प्रकृति के साथ दोस्ताना व्यवहार कीजिए, कुदरती चीजों से घुल-मिल जाइए। सूर्योदय के समय पक्षियों के मधुरिम कलरव का आनंद लीजिए और सूर्यास्त के समय डूबते हुए सूर्य की लालिमा को निहारिए।

संसार में सबसे बड़ा कार्य जो हम कर सकते हैं, वह यह है कि हम जहाँ भी और जैसी भी अवस्था में हैं, वहाँ हमें अपना श्रेष्ठ देना चाहिए। जो भी हम अच्छे-से-अच्छा कर सकते हैं, उसे अधिकाधिक मात्रा में और उत्तम प्रकार से सभी के सम्मुख प्रकट करना चाहिए, इसी का नाम सफलता है।

□

9

उपलब्धि के लिए आधार-ग्राह्यता

सफल उद्यमियों में अपने लक्ष्यों को प्राप्त करने की आवश्यक महान् क्षमता और दृढता निहित होती है, लेकिन इस कौशल को उद्यमी के शुरुआती उत्साह के साथ भ्रमित नहीं करना चाहिए। ये कारोबारी कई बार असफल होते हैं, क्योंकि ये ठीक योजना नहीं बनाते हैं या इन्हें व्यवसाय को बनाए रखने में समस्याएँ आती हैं, क्योंकि ये लोग चीजें शुरू तो कर देते हैं, लेकिन उन्हें चलाना नहीं जानते।

इसे कैसे विकसित करें ?

एक उद्यमी के रूप में आरंभ में आपकी दृढता और धैर्य का परीक्षण किया जाएगा। अपने आप को प्रतियोगिता में बनाए रखने के लिए, आपको युद्ध जीतने की कोशिश नहीं करनी, बल्कि छोटी लड़ाई जीतने के बारे में सोचना होगा। छोटी उपलब्धियाँ महान् लक्ष्यों को प्राप्त करने में सहायता करती हैं। मिसाल के तौर पर आप एक पहाड़ को कैसे तोड़ेंगे ? बहुत से लोग तुरंत कहेंगे कि एक पहाड़ को तोड़ना असंभव है। उपलब्धि के लिए उन्मुख व्यक्ति कहता है कि थोड़ा-थोड़ा करके। बेशक, यदि आप अच्छी तरह से योजना बनाते हैं और इसे भागों में विभाजित करते हैं तो निश्चित रूप से आप इसे तोड़ सकते हैं।

आजादी और पहल की आवश्यकता

सभी विशेषज्ञों का कहना है कि कोई पहल नहीं होने पर उद्यमी बनना असंभव है। इसके अलावा, दुर्लभ उद्यमियों ने ही स्वयं को कुछ बनाने की कला

विकसित की है, जिससे उन्हें पता है कि वे उद्यमी होंगे, इससे पहले कि वे यह भी जान सकें कि वे किस व्यवसाय को स्थापित करने जा रहे हैं, लेकिन कई अन्य उद्यमी बस अपने व्यवसाय में, जो काम पसंद करते हैं, उसे करने का एक तरीका ढूँढ़ते हैं। जब उद्यम शुरू होते हैं तो उद्यमियों की यह प्रोफाइल सफलता प्राप्त करने के लिए आवश्यक गति खो देती है। वे लोग हैं, जिन्होंने व्यवसाय स्थापित किया है, क्योंकि वे स्वतंत्र होना चाहते थे, लेकिन उन्होंने उस निर्णय में शामिल सभी बलिदानों का मूल्य निर्धारण नहीं किया था और बहुत देर हो चुकी है, जबकि वे समझें कि वे उस मूल्य को ग्रहण करने के इच्छुक नहीं हैं।

सुधार और सीखने की उत्सुकता

जिज्ञासा कई उद्यमियों के व्यक्तित्व की विशेषता है। यदि आप उन लोगों में से एक हैं, जो हमेशा नई चुनौतियों की तलाश में हैं, यदि आप सीखने का आनंद लेते हैं और अपने लक्ष्यों को पूरा करने की कोशिश करते हैं, तो आपके पास अपनी सबसे अच्छी ताकत मौजूद है। उद्यमी की जिज्ञासा—व्यवसाय, नए बाजारों और यहाँ तक कि पूरी तरह से नई कंपनियों को शुरू करने के लिए भी नए रास्तों को ढूँढ़ती है, लेकिन यह भी होता है कि कुछ सफल उद्यमी आत्मविश्वास से आत्म-सीमित हो जाते हैं, जिससे उन्हें दूसरों के विचारों को जानने का मौका नहीं मिलता। इनके लिए हम आपको एक चीनी नीति की याद दिलाते हैं, जिसके अनुसार 'जब छात्र तैयार होता है, तो शिक्षक प्रकट होता है।'

उद्यमी की जिज्ञासा—व्यवसाय, नए बाजारों और यहाँ तक कि पूरी तरह से नई कंपनियों को शुरू करने के लिए भी नए रास्तों को ढूँढ़ती है, लेकिन यह भी होता है कि कुछ सफल उद्यमी आत्मविश्वास से आत्म-सीमित हो जाते हैं, जिससे उन्हें दूसरों के विचारों को जानने का मौका नहीं मिलता। इनके लिए हम आपको एक चीनी नीति की याद दिलाते हैं, जिसके अनुसार 'जब छात्र तैयार होता है, तो शिक्षक प्रकट होता है।'

सीखना

सीखना आत्म-ज्ञान और आलोचना स्वीकार करने की क्षमता से निकटता से संबंधित है। इस अर्थ में, सुधार करने का पहला कदम यह स्वीकार करना है कि आप सबकुछ नहीं जानते हैं। उन मान्यताओं की पहचान करना सीखें, जो चीजों के प्रति आपकी दृष्टि को सीमित करती हैं और आपकी गलतियों को मानती हैं। यदि आप ऐसा नहीं कर सकते, तो कोई संभावित शिक्षा नहीं है।

बँधा-बँधाया काम सीखने की क्षमता में सुधार न होने के मुख्य नुकसान में से एक है। इसलिए अपने दिमाग को खपाने से बचाने के लिए, चीजों को करने के नए तरीके तलाश करें और याद रखें कि सबकुछ बेहतर किया जा सकता है। सभी प्रकार की जानकारी इकट्ठा करके अपनी बौद्धिक जिज्ञासा तृप्त करें, यहाँ तक कि ऐसी जानकारी भी, जो सीधे आपके व्यवसाय से संबंधित नहीं है।

आत्मविश्वास हमारे उत्साह को जगाकर हमें जीवन में महान् उपलब्धियों के मार्ग पर ले जाता है। यह आत्मविश्वास रखें कि आप पृथ्वी के सबसे आवश्यक मनुष्य हैं। आत्मविश्वास है तो आप शुरू करने से पहले ही जीत चुके हैं। दरअसल, लोगों का विश्वास पैसे से अधिक मूल्यवान है। खुद पर भरोसा रखें। अपनी क्षमताओं पर विश्वास करें।

किसी की सीमा का पता लगाना आत्मविश्वास की कुंजी है। व्यक्तिगत शिक्षा में दूसरों का दृष्टिकोण भी महत्त्वपूर्ण है। उन लोगों की महत्त्वपूर्ण भावना को बढ़ावा देने का प्रयास करें, जिन पर आप भरोसा करते हैं और विश्लेषण करें कि किस क्षेत्र में आपको सुधार करना चाहिए।

सीधे सीखने की क्षमता से संबंधित अन्य कौशल को प्रबल करें; जैसे रचनात्मकता, गलतियों को स्वीकार करने और दूसरों के साथ संचार करने की क्षमता को।

आत्मविश्वास बनाए रखना

आत्मविश्वास किसी भी कार्य के लिए आवश्यक तत्व है, क्योंकि एक

बड़ी खाई को दो छोटी छलाँगों में पार नहीं किया जा सकता। आत्मविश्वास के साथ आप गगन चूम सकते हैं और आत्मविश्वास के बिना मामूली सी उपलब्धियाँ भी पकड़ से परे हैं। आत्मविश्वास हमारे उत्साह को जगाकर हमें जीवन में महान् उपलब्धियों के मार्ग पर ले जाता है। यह आत्मविश्वास रखें कि आप पृथ्वी के सबसे आवश्यक मनुष्य हैं। आत्मविश्वास है तो आप शुरू करने से पहले ही जीत चुके हैं। दरअसल, लोगों का विश्वास पैसे से अधिक मूल्यवान है। खुद पर भरोसा रखें। अपनी क्षमताओं पर विश्वास करें। बिना अपनी शक्तियों में एक विनम्र, लेकिन उचित आत्मविश्वास के आप सफल या प्रसन्न नहीं हो सकते। सफलता के लिए आत्मविश्वास आवश्यक है और आत्मविश्वास के लिए तैयारी।

स्वयं के ज्ञान को बेहतर बनाने के लिए आत्मविश्वास करना सीखना चाहिए। आत्मविश्वास को प्राप्त सफलताओं के साथ मजबूत किया जाता है। आपकी सीमाएँ कहाँ हैं, यह जानने के लिए आपको अपनी सफलताओं और विफलताओं के आधार पर विश्लेषण करना बंद करना होगा। बहुत से लोग खुद पर भरोसा नहीं करते, क्योंकि वे नहीं जानते कि वे कौन हैं, वे पराजय में पड़ते हैं, क्योंकि वे अकसर अपने आस-पास के लोगों की राय पर बहुत निर्भर करते हैं।

चुनौतियों का सामना करने की हिम्मत रखें और अपनी सफलताओं को लिखें—उन कारणों की व्याख्या के साथ, जिन्होंने उन्हें संभव बना दिया। जब आप समान परिस्थितियों का सामना करने के लिए वापस आते हैं तो यह जानकारी आपको सही निर्णय लेने में मदद करेगी। उन्हें दोहराने से बचने के लिए गलतियों के साथ भी ऐसा ही करें।

विफलता का प्रतिरोध

लगभग सभी उद्यमियों को सफलता के अपने रास्ते में कुछ विफलताओं का सामना भी करना पड़ता है। सबसे अच्छा व्यवसायी कई बुरे व्यवसायों से बना होता है। उद्यमी जोखिमपूर्ण शुरुआत में डरते नहीं हैं और थपेड़ों से सीखते हैं। यह सीखने का सबसे अच्छा कोर्स है, जिसे किया जा सकता है।

विफलता का सामना करनेवालों का मुख्य जोखिम यह है कि वे इसे विफलता की तरह महसूस करते हैं, लेकिन तथ्यों और निर्णयों के बीच अंतर करना आवश्यक है। निर्णय आपको विफलता महसूस कराते हैं और आपको आगे बढ़ने से रोकते हैं, लेकिन यदि आप तथ्यों की वास्तविकता पर ध्यान केंद्रित करते हैं, तो असफलताओं को एक सीख के रूप में देख सकते हैं, जो आपको अपने लक्ष्य के करीब लाती है।

चूँकि कई विफलताओं से बचा नहीं जा सकता है, इसलिए उनके खिलाफ सबसे अच्छी रोकथाम विफलता के तथाकथित प्रतिरोध को बढ़ा लेना है। विफलता का सामना करनेवालों का मुख्य जोखिम यह है कि वे इसे विफलता की तरह महसूस करते हैं, लेकिन तथ्यों और निर्णयों के बीच अंतर करना आवश्यक है। निर्णय आपको विफलता महसूस कराते हैं और आपको आगे बढ़ने से रोकते हैं, लेकिन यदि आप तथ्यों की वास्तविकता पर ध्यान केंद्रित करते हैं, तो असफलताओं को एक सीख के रूप में देख सकते हैं, जो आपको अपने लक्ष्य के करीब लाती है।

भावनाओं पर नियंत्रण

मुश्किल बातचीत में मुसकान बनाए रखने की क्षमता या शत्रुतापूर्ण लोगों के सामने अपनी नकारात्मक भावनाओं को प्रबंधित करने की क्षमता व्यवसाय को आवश्यक समर्थन व सहयोग प्रदान करने में महत्त्वपूर्ण हो सकती है। हालाँकि, अनुभव से पता चलता है कि अधिकतर उद्यमियों के पास कंपनी या कारोबार बनाने की प्रक्रिया द्वारा उत्पन्न आवश्यक दबाव और तनाव का सामना करने की क्षमता नहीं होती।

भावनाएँ अकसर अपरिहार्य होती हैं। अगर कोई आप पर चिल्लाता है, तो आप डरते हैं, लेकिन आप अपनी प्रतिक्रिया को नियंत्रित करना और एक अलग भावना उत्पन्न करना सीख सकते हैं। यदि क्रोध या तनाव के पलों में आप ब्रेक लेते हैं, या किसी दोस्त के साथ बैठकर आराम करते हैं, तो थोड़ी

देर बाद आपमें एक नई भावना उत्पन्न हो जाती है, जो आपको क्रोध या तनाव से निकाल लेती है।

गलतियों को स्वीकारने की क्षमता

त्रुटियाँ असफलता के समान नहीं हैं, हालाँकि दोनों भविष्य के लिए सीख के रूप में कार्य करती हैं। अंतर मूल रूप से यह है कि विफलता दूसरों की समस्याओं के कारण हो सकती है, जबकि त्रुटियाँ हमेशा हमारी जिम्मेदारी होती हैं। इसलिए उन गलतियों की जिम्मेदारियों को अपने ऊपर लेना, उनसे बचने का पहला कदम है।

अचूक कोई भी नहीं है

एक और महत्त्वपूर्ण अंतर यह है कि त्रुटि हमेशा विफलता का कारण नहीं बनती। समय में पता चली त्रुटि को ठीक भी किया जा सकता है, इससे पहले कि बहुत देर हो जाए। हमें यह स्वीकार करना होगा कि गलतियों की संभावना काम का हिस्सा है। महत्त्वपूर्ण बात यह है कि हम गलतियों को जल्दी-से-जल्दी पकड़ लें। जो कोई मानता है कि वह गलतियाँ कर सकता है, यह पहचानना सीख सकता है कि वह उन्हें क्यों करता है और उन कठिनाइयों की पहचान कर सकता है, जो उसे गलतियाँ करने के लिए प्रेरित करती हैं और गलतियाँ रोकने के लिए अग्रिम रोकथाम उपाय कर सकता है।

त्रुटि हमेशा विफलता का कारण नहीं बनती। समय में पता चली त्रुटि को ठीक भी किया जा सकता है, इससे पहले कि बहुत देर हो जाए। हमें यह स्वीकार करना होगा कि गलतियों की संभावना काम का हिस्सा है। महत्त्वपूर्ण बात यह है कि हम गलतियों को जल्दी-से-जल्दी पकड़ लें।

ऐसे लोग हैं, जो गलतियाँ करते समय हाथ की गेंदों को फेंक देते हैं, वे अपने उद्देश्यों को प्राप्त करने में सक्षम नहीं होते और इसका दोष बाजार और दूसरों पर मढ़ देते हैं। इस दृष्टिकोण के साथ आप गलतियाँ दूर करना नहीं सीख सकते हैं। समस्याओं और त्रुटियों को हल करने में सक्षम होने के

लिए आपको जिम्मेदारी लेनी होगी। यदि आप समाधान का हिस्सा नहीं हैं तो आप इसे कभी हल नहीं कर पाएँगे।

एक और रवैया, जो इस क्षमता को सीमित करता है, वह है निष्क्रियता। 'ये उत्पाद हमारे बाजार में फिट नहीं होते हैं' जैसे वाक्यांश आपको गलतियों पर काबू पाने से रोकते हैं, क्योंकि आप मानते हैं कि समाधान आपके ऊपर निर्भर नहीं है। आपको सबसे स्पष्ट से सबसे बेतुके तक, सब पर पुनर्विचार करना होगा।

जोखिम का आकलन

व्यवसाय स्थापन करने में शामिल जोखिम का आकलन करते समय, कई उद्यमी केवल आर्थिक निवेश का विश्लेषण करते हैं और वे इस निर्णय में शामिल व्यक्तिगत और पारिवारिक जोखिम के बारे में भूल जाते हैं। अगर वे लोग हैं, जिन्होंने अपनी नौकरियाँ छोड़ी हैं, तो उन्हें आकलन करना चाहिए कि वे मासिक वेतन द्वारा प्रदान की गई आर्थिक सुरक्षा को छोड़ने के इच्छुक हैं या नहीं, या क्या एक व्यवसाय चलाने के लिए वे आवश्यक व्यक्तिगत और पारिवारिक बलिदान लेना चाहते हैं? अपने फैसलों के जोखिम को मापने के लिए निम्नलिखित काल्पनिक अभ्यास करें—

अपने व्यवसाय में खुद को देखने का प्रयास करें और खुद से पूछें कि आपको यहाँ तक पहुँचने के लिए क्या करना है। अपनी परियोजना को देखने का यह तरीका भविष्य की स्थितियों को दरशाने में आपकी मदद करेगा, जो अन्यथा अनदेखा किया जा सकता है।

अपने व्यवसाय में खुद को देखने का प्रयास करें और खुद से पूछें कि आपको यहाँ तक पहुँचने के लिए क्या करना है। अपनी परियोजना को देखने का यह तरीका भविष्य की स्थितियों को दरशाने में आपकी मदद करेगा, जो अन्यथा अनदेखा किया जा सकता है।

वाणिज्यिक क्षमता

किसी कंपनी के सभी चरणों में इस कौशल के महत्त्व के बावजूद, यह उद्यमियों के मुख्य लंबित विषयों में से एक है। ज्यादातर लोग मानते हैं कि उनमें ग्राहकों को आकर्षित करने की आवश्यक क्षमता की कमी है, बाजार का पर्याप्त ज्ञान नहीं है या वे नहीं जानते कि अपनी सेवाओं और उत्पादों की बिक्री कैसे व्यवस्थित करें। अच्छी खबर यह है कि यह कौशल विकसित करना आसान है, हालाँकि कई उद्यमी इस कौशल के अभाव में किसी ऐसे भागीदार की तलाश करते हैं, जिसमें व्यवसाय के इस क्षेत्र की योग्यता मौजूद हो।

अंतिम लक्ष्य अपने सबसे प्रभावी कौशल को बढ़ाने और विभिन्न बिक्री स्थितियों में अनुचित लोगों को संशोधित करना है। उत्पाद पर आधारित अधिक भावनात्मक बिक्री के लिए बिक्री को प्रतिस्थापित करने की भी सिफारिश की जाती है, जो खरीदने के इच्छुक ग्राहक को सकारात्मक बनाती है।

विशेषज्ञ भूमिका निभाने के अभ्यास के माध्यम से बिक्री में व्यवहार को संशोधित करने की सलाह देते हैं। उद्यमी को असली बिक्री स्थितियों का सामना करना पड़ता है, जिन्हें रिकॉर्ड किया जाता है, देखा जाता है या उनका विश्लेषण किया जाता है। इस तरह आप ज्ञात कर सकते हैं कि आपके व्यवहार के कौन से पहलू—मौखिक और गैर-मौखिक दोनों, ग्राहक की प्रतिक्रिया—सकारात्मक या नकारात्मक के प्रेरक हो सकते हैं। यदि यह सकारात्मक है, तो यह उस व्यवहार को बढ़ाएगा, यदि यह नकारात्मक है, तो इसे संशोधित किया जाना चाहिए। अंतिम लक्ष्य अपने सबसे प्रभावी कौशल को बढ़ाने और विभिन्न बिक्री स्थितियों में अनुचित लोगों को संशोधित करना है। उत्पाद पर आधारित अधिक भावनात्मक बिक्री के लिए बिक्री को प्रतिस्थापित करने की भी सिफारिश की जाती है, जो खरीदने के इच्छुक ग्राहक को सकारात्मक बनाती है।

संपर्क और दृढ संकल्प

दूसरों को प्रभावित करने की आपकी क्षमता, आपके लक्ष्यों को, अपने प्रयास के रूप में हासिल करने के लिए महत्त्वपूर्ण है। याद रखें, प्रेरणा का मतलब यह नहीं है कि आप अपने फायदे के लिए दूसरों का शोषण करने लगें। लंबी अवधि की प्रतिबद्धता केवल भरोसे के आधार पर हासिल की जा सकती है।

ग्राहक को सहमत करने की क्षमता गहन रूप से आपके संचार कौशल से जुड़ी हुई है—आपकी मौखिक और गैर मौखिक संचार शक्ति से और जो भी आप कहते या करते हैं, उसके बीच हमेशा स्थिरता रखने की कोशिश करें। आपकी विश्वसनीयता आपसे लोगों के जुड़ाव की कुंजी है।

दूसरों को सहमत करने के लिए आपको पता होना चाहिए कि उनकी प्रेरणा और रुचियाँ क्या हैं। याद रखें, संचार में बात नहीं की जाती; थोड़ी सी बात और दूसरों को ज्यादा सुनना। संचार सभी पारस्परिक कौशलों की कुंजी है—प्रेरणा की, वार्त्ता की, बिक्री की…।

रिश्तों का अच्छा नेटवर्क बनाना

संपर्कों का एक अच्छा नेटवर्क आपको उन सभी संसाधनों के साथ प्रदान करना होगा, जिन्हें आपको अपनी कंपनी के बाहर देखना है—सूचना, प्रौद्योगिकी, वित्तपोषण, सलाह और इसके लिए आपको पहले से ही इसकी योजना बनानी और डिजाइन करना होगा।

अच्छी टीम और अच्छे संबंध बनाएँ, क्योंकि आप अकेले कुछ नहीं कर सकते। कार्यसूची में कंपनी की किसी भी अन्य गतिविधि के रूप में आवश्यक संपर्कों की योजना बनाने और उसे प्राथमिकता देने का प्रयास करना चाहिए। यह काफी स्पष्ट है कि नियोक्ता के लिए संपर्क महत्त्वपूर्ण हैं, हालाँकि इस पहलू की कई लोग उपेक्षा करते हैं या तो क्योंकि वे दिन-प्रतिदिन के व्यवसाय को बढ़ाने के काम पर बहुत अधिक ध्यान केंद्रित करते हैं, या क्योंकि

वे अभी भी सोचते हैं कि संपर्क बनते हैं, न कि प्रोत्साहित होते हैं। सत्य से परे कुछ भी नहीं है। संपर्कों का एक अच्छा नेटवर्क आपको उन सभी संसाधनों के साथ प्रदान करना होगा, जिन्हें आपको अपनी कंपनी के बाहर देखना है—सूचना, प्रौद्योगिकी, वित्तपोषण, सलाह और इसके लिए आपको पहले से ही इसकी योजना बनानी और डिजाइन करना होगा।

बातचीत करने की क्षमता

उद्यमियों की अनुभवहीनता कई वार्त्ताओं की विफलता का मुख्य कारण बनती है और यह पहला सबक है कि उद्यमियों को इस ओर ध्यान देकर इस कौशल को बढ़ाना चाहिए। व्यापार में सफलता के लिए बातचीत एक आवश्यक कौशल है और आपको इसे तैयार करना होगा।

वार्त्ता के दौरान आपको एक विशिष्ट संवाद शैली को अपनाना होगा। फायदे की स्थिति की तलाश करें, दूसरे को हराने की कोशिश न करें। इसके अतिरिक्त, आपको व्यक्तिगत रूप से दूसरी पार्टी के साथ जुड़ने की कोशिश करनी चाहिए। जिनके साथ भी काम करें, हमेशा उनकी संस्कृति के प्रति सम्मान दिखाने की कोशिश करें। सहानुभूति बहुत महत्त्वपूर्ण है।

नेतृत्व

किसी कंपनी का नेतृत्व करना उतना ही नहीं है कि प्रत्येक कर्मचारी को उनके काम में लगा देना। यह उद्यमी की क्षमता पर निर्भर है कि वह कितनी तेजी से टीम के बीच अपनी कार्य-संस्कृति को विकसित करता है। जब व्यवसाय बढ़ने लगता है तो परियोजना में व्यक्तिगत रूप से शामिल होना बुनियादी आवश्यकता होती है।

परियोजना में शामिल होने के लिए दृढता बहुत महत्त्वपूर्ण है। आपको अपने कर्मचारियों की स्थिति में खुद को रखना होगा और उन्हें खुद को एक ग्राहक की तरह महसूस करना होगा, ताकि वे समझ सकें कि कुछ निर्णय क्यों किए जाते हैं।

संवाद भी महत्त्वपूर्ण है। यह भी महत्त्वपूर्ण है कि हर कोई अपने

संवाद भी महत्त्वपूर्ण है। यह भी महत्त्वपूर्ण है कि हर कोई अपने दायित्वों के बारे में बहुत स्पष्ट हो। संचार अपने लोगों को जानने, उनकी प्रेरणा और उनकी जरूरतों का पता लगाने के लिए भी महत्त्वपूर्ण है। लोगों का अनुसरण करने और प्रेरित होने के लिए, अपने लक्ष्यों को प्राप्त करने के लिए सभी आवश्यक साधनों को मौखिक याद रखना न भूलें।

दायित्वों के बारे में बहुत स्पष्ट हो। संचार अपने लोगों को जानने, उनकी प्रेरणा और उनकी जरूरतों का पता लगाने के लिए भी महत्त्वपूर्ण है। लोगों का अनुसरण करने और प्रेरित होने के लिए, अपने लक्ष्यों को प्राप्त करने के लिए सभी आवश्यक साधनों को मौखिक याद रखना न भूलें।

याद रखें कि आपके कार्य एक दर्पण की तरह हैं, जिनमें अन्य लोग स्वयं को देखते हैं। अपने भरोसे को जीतने और अपने नियमों का सम्मान करने के लिए हमेशा स्थिरता के साथ कार्य करने की कोशिश करें, आवश्यक होने पर अपनी गलतियों को स्वीकार करें और सफलताओं के लिए सभी पदकों को लटकाएँ नहीं, बल्कि उन्हें सफलता के हिस्से के रूप में महसूस करें।

मुश्किल परिस्थितियों में निर्णय-क्षमता

निर्णय लेना एक कौशल है, जो सभी उद्यमियों की कारोबारी पहल और सफलता से निकटता से जुड़ा हुआ है, लेकिन विभिन्न कारणों से कारोबारी पहल और आत्मविश्वास से भरे लोग भी ठहराव महसूस कर सकते हैं। अधिकांश समय, क्या होता है कि व्यवसाय के प्रमोटरों को उन मुद्दों पर कठिन निर्णय लेना पड़ता है, जो हावी नहीं हैं। इन मुद्दों में उनकी असुरक्षा की भावना प्रतिक्रिया को अपनाने की उनकी क्षमता को सीमित कर सकती है।

कई बार वे कंपनी के स्टार्ट-अप के पहले चरण में अवरुद्ध होते हैं, क्योंकि वे व्यवसाय के केंद्र के बारे में स्पष्ट नहीं होते; आगे बढ़ने के बारे में नहीं जानते और समस्याएँ उत्पन्न होने उन्हें कोई रास्ता नहीं सूझता है।

अनुभव का मूल्य

कठिन निर्णय लेने की क्षमता सीधे उद्यमी के अनुभव को प्रभावित करती है। जो लोग कंपनी बनाने की आरंभिक प्रक्रिया से आगे बढ़ चुके होते हैं, वे नौसिखिए उद्यमियों की तुलना में संकट की स्थिति में निर्णय लेने में अधिक सुविधा-संपन्न होते हैं। इरादों को कार्यों में परिवर्तित करने का प्रयास करें और उद्यमियों के रूप में अधिक लचीला होने की कोशिश करें, क्योंकि निर्णय लेने की क्षमता लचीलेपन से निकटता से जुड़ी हुई है।

विश्लेषण करें कि आपके मानसिक अवरोध की उत्पत्ति क्या है। यदि आपकी समस्या यह है कि आप बहुत विश्लेषणात्मक हैं, तो लिखकर समस्याओं का मूल्यांकन और संश्लेषण करने की आदत डालें और अपने निर्णय लेने की कोशिश करें। उन मानदंडों की पहचान करने का प्रयास करें, जिन्होंने आपकी विभिन्न परिस्थितियों में सफल निर्णय लेने में मदद की है, ताकि उन्हें समान स्थितियों में अभ्यास करने में सक्षम बनाया जा सके।

विश्लेषण करें कि आपके मानसिक अवरोध की उत्पत्ति क्या है। यदि आपकी समस्या यह है कि आप बहुत विश्लेषणात्मक हैं, तो लिखकर समस्याओं का मूल्यांकन और संश्लेषण करने की आदत डालें और अपने निर्णय लेने की कोशिश करें। उन मानदंडों की पहचान करने का प्रयास करें, जिन्होंने आपकी विभिन्न परिस्थितियों में सफल निर्णय लेने में मदद की है, ताकि उन्हें समान स्थितियों में अभ्यास करने में सक्षम बनाया जा सके।

यदि निर्णय लेने में असमर्थता कठिन निर्णयों को स्थगित करने की प्रवृत्ति के कारण है, तो सीमा निर्धारित करके स्वयं को इस जाल से बाहर निकलने के लिए मजबूर करें। आपको कार्यों की प्राथमिकता के अनुसार उन पर ध्यान देना चाहिए। कुछ लोग शिकायत करते हैं कि उनके पास समय की कमी है

और अन्य, उतने ही समय में बड़े काम करते हैं, क्योंकि वे क्रिया करते हैं। यह अंतर है। जब हम एक बंद गली में होते हैं तो कार्य करने के लिए खुद को मजबूर करने का एक और तरीका है—सुविधा-क्षेत्र को छोड़ना; जिसमें कभी-कभी हम रच-बस जाते हैं और जो हमें चीजों को करने के नए तरीकों की तलाश करने से रोकता है। समस्याओं के निदान के लिए विभिन्न दृष्टिकोण की तलाश करें।

यह इससे संबंधित अन्य कौशल को बढ़ावा देता है, जैसे जोखिम और रचनात्मकता लेने की क्षमता, संकट के समय रचनात्मक समाधान तैयार करने के लिए एक महत्त्वपूर्ण कौशल।

रचनात्मक क्षमता

किसी व्यवसाय की सफलता या विफलता पर रचनात्मक क्षमता का प्रभाव अभिनव वस्तुओं का आविष्कार करने या अभूतपूर्व संचार अभियान बनाने की क्षमता से परे है। दरअसल, इस क्षमता को किसी व्यवसाय की सभी प्रक्रियाओं पर लागू किया जा सकता है।

> ***जटिल अवसरों में सफल होने के लिए संकट के समय में प्रभावी समाधान खोजने के लिए व्यावसायिक अवसरों का पता लगाना महत्त्वपूर्ण है और जिसके पास असाधारण विचार हैं, यह अधिक रचनात्मक नहीं है; बल्कि किसी समस्या के लिए अधिक समाधान ढूँढ़ना अधिक रचनात्मक है और यह क्षमता अपने आप में विश्वास और उस माहौल पर निर्भर करती है, जिसमें आप आगे बढ़ते हैं।***

जटिल अवसरों में सफल होने के लिए संकट के समय में प्रभावी समाधान खोजने के लिए व्यावसायिक अवसरों का पता लगाना महत्त्वपूर्ण है और जिसके पास असाधारण विचार हैं, यह अधिक रचनात्मक नहीं है; बल्कि किसी समस्या के लिए अधिक समाधान ढूँढ़ना अधिक रचनात्मक है और यह क्षमता अपने आप में विश्वास और उस माहौल पर निर्भर करती है, जिसमें आप आगे बढ़ते हैं। गलतियों के बाद दंड-मुक्त वातावरण पूरी टीम की रचनात्मकता को बढ़ाता है। दूसरी

ओर, जो भी गलतियों के लिए खुद को दंडित करता है, अपनी रचनात्मकता को अवरुद्ध करता है।

सबसे रचनात्मक लोग वे हैं, जो स्थापित से परे खोजते हैं। नियमों को छोड़ें और खूब प्रश्न पूछें।

जब आप किसी समस्या का सामना करते हैं, तो परिणामों के बारे में सोचे बिना प्रक्रियाओं पर ध्यान केंद्रित करें। व्यवहार्य समाधान खोजने का जुनून रचनात्मकता को सीमित करता है। अपनी समस्याओं के कई संभावित उत्तर खोजने का प्रयास करें। इसे हासिल करने का एक अच्छा तरीका नए दृष्टिकोणों से समस्याओं को देखना सीखना है। याद रखें कि निर्णय लेने में अधिक लोगों की भागीदारी के साथ रचनात्मकता की कमी भी मिल सकती है। यदि अधिक दृष्टिकोण होते हैं, तो आपके लिए नए समाधान ढूँढ़ना आसान होता है।

योजना-क्षमता

उद्यमी अच्छे योजनाकार होते हैं। अगर वे इस बारे में बहुत स्पष्ट हैं कि वे क्या हासिल करना चाहते हैं और उन्हें अपने व्यवसाय पर ध्यान केंद्रित करना चाहिए, तो वे परियोजना को व्यवस्थित करने और योजना बनाने में सक्षम होते हैं। जब यह कौशल विफल हो जाता है, तो इसका कारण यह माना जाता है कि उद्यमी अपने व्यापार के बारे में बहुत स्पष्ट नहीं था।

टीम बनाने की क्षमता

ठीक उसी समय जब सबकुछ आसानी से चलने लगता है, प्रभावी टीम बनाने में कौशल की कमी उद्यमी के व्यवसाय की वृद्धि को जटिल बना देती है। कई कारक हैं, जो किसी टीम के गठन को निर्धारित करते हैं। कई अपने कर्मचारियों का चयन करने में विफल रहते हैं, क्योंकि वे समझ ही नहीं पाते कि उन्हें कहाँ-कहाँ नियुक्ति दी जाए। कुछ लोग उन लोगों को बढ़ावा देने की गलती करते हैं, जिनके साथ उन्होंने व्यवसाय शुरू किया या गलत लोगों को कंपनी के प्रमुख पदों पर भर देते हैं और अधिकतर टीम

ठीक उसी समय जब सबकुछ आसानी से चलने लगता है, प्रभावी टीम बनाने में कौशल की कमी उद्यमी के व्यवसाय की वृद्धि को जटिल बना देती है। कई कारक हैं, जो किसी टीम के गठन को निर्धारित करते हैं। कई अपने कर्मचारियों का चयन करने में विफल रहते हैं, क्योंकि वे समझ ही नहीं पाते कि उन्हें कहाँ-कहाँ नियुक्ति दी जाए। कुछ लोग उन लोगों को बढ़ावा देने की गलती करते हैं, जिनके साथ उन्होंने व्यवसाय शुरू किया या गलत लोगों को कंपनी के प्रमुख पदों पर भर देते हैं और अधिकतर टीम के लोगों के प्रबंधन में असफल रहते हैं।

के लोगों के प्रबंधन में असफल रहते हैं। वे नहीं जानते कि उन्हें कैसे प्रेरित किया जाए, वे खराब तरीके से संवाद करते हैं, उनमें प्रतिनिधित्व करने की क्षमता का अभाव होता है। उनके लिए उनकी कंपनी एक बच्चे की तरह होती है, उसे दूसरों के हाथों में सौंपने में कठिनाई होती है और अंत में उन्हें योग्य लोगों की मदद लेनी होती है।

अच्छी टीमों को पूरी तरह से इस्तेमाल किया जाना चाहिए। अपने आप ही सबकुछ करने की कोशिश न करें और जिम्मेदार बनना सीखें। जितना अधिक आपका व्यवसाय बढ़ता है, उतनी जिम्मेदारियाँ आपको वहन करनी चाहिए। आपको याद रखना चाहिए कि यदि आप स्व-नियोजित हैं, तो आपकी कंपनी हमेशा आपके साथ यात्रा करती है; यदि आप एक उद्यमी हैं, तो कंपनी तब काम करती है, जब आप वहाँ नहीं होते हैं। सर्वोत्तम बनाए रखने के लिए आपको अपने कर्मचारियों की राय सुननी चाहिए और हमेशा अपने निजी मानदंडों को लागू करने की कोशिश नहीं करनी चाहिए। अपनी टीम के साथ संचार का खयाल रखें, क्योंकि जब कंपनी आंतरिक संचार का हिस्सा बन जाती है तो खो जाती है।

अवसरों की पहचान

हरेक व्यक्ति जीवन में सफल होने के रहस्यों के बारे में जानने का इच्छुक होता है। ऐसे बहुत से लोग हैं, जिन्होंने इस संसार में सफलता हासिल

की है। सफलता उन व्यक्तियों के पास नहीं आती, जो इंतजार करते हैं और यह अपने पास आने के लिए किसी का इंतजार भी नहीं करती है। अधिकतर सफल व्यक्तियों ने कुछ नए गुणों या उन्हें प्राप्त अवसरों द्वारा ही अपने गंतव्य को प्राप्त नहीं किया है। उन्होंने तो अपने हाथ में आए अवसरों का विकास किया है। असफलता और सफलता के बीच अंतर बस इतना है, जैसे कोई काम लगभग सही करना तथा बिल्कुल सही प्रकार से करना। कोई भी व्यक्ति सफल रूप में पैदा नहीं होता है, बल्कि वह तो इसका सृजन करता है। सफलता कोई इत्तफाक नहीं है या लॉटरी के टिकट में निहित नहीं होती है, इसे तो आपको स्वयं सृजित करना होता है। सफलता के रहस्यों की जानकारी और उनका सही कार्यान्वयन निश्चित तौर पर किसी व्यक्ति के जीवन में सफलता हासिल करने में मददगार हो सकते हैं।

□

10

लक्ष्य-निर्धारण और व्यक्तित्व-निर्माण

आपके पास एक स्पष्ट उद्देश्य है, अब आपको जो चाहिए, वह एक तरीका है, इसे उत्तरोत्तर प्राप्त करने के चरण। जो कुछ भी आप करना चाहते हैं, उसकी योजना बनाएँ, इस लक्ष्य को प्राप्त करने के लिए आपको जो कुछ करना होगा, वह आपके पास है। इसे पूरा करने के लिए स्वयं को व्यवस्थित करें।

अपनी सफलता के बारे में सकारात्मक, स्पष्ट और सटीक विचार रखें। आप अपनी नियति के वास्तुकार हैं, लेकिन इसे पाने के लिए आपको पहले इसकी कल्पना करनी चाहिए और अपने दिमाग के खानों को यथासंभव वास्तविक बनाना चाहिए।

उस लक्ष्य तक पहुँचने के लिए स्वयं को विजेता बनाएँ, जो आप अपने लिए प्रस्तावित करते हैं तथा और अधिक सफलता का स्वाद चखने के लिए इसका प्रेरणा के रूप में उपयोग करें।

अपने आत्मविश्वास के स्तर को नियंत्रित करें। आपको अपनी क्षमताओं पर भरोसा करना चाहिए, हाँ, लेकिन आँखें मूँदे आदमी की तरह नहीं। अपने आस-पास के लोगों को सुनना हमेशा अच्छा होता है। आत्म-आलोचना के स्तर को बढ़ाने के लिए उनकी आलोचना सुनना संवेदनशील होने का परिचायक है।

निश्चित रूप से, अपनी कुछ क्षमताओं पर संदेह करना उन पर काम करने और उन्हें सुधारने का एक तरीका हो सकता है।

तालाब न बनें

वह लक्ष्य न साधें, जो आपको सीमित कर देता है। अन्वेषण करने के लिए हमेशा नए स्थान होते हैं और कभी-कभी उत्सुक होने से आपको अप्रत्याशित लाभ मिल सकते हैं।

आपकी कुछ सीमाएँ होनी चाहिए ताकि आप अपने रास्ते से विचलित न हों; लेकिन आस-पास क्या हो रहा है, यह जानने से आपको रोका नहीं जाना चाहिए।

सफल लोगों से जुड़ें, जिन्होंने अपने लक्ष्यों को प्राप्त किया है, क्योंकि वे उन्हें प्राप्त करने के लिए काम करते हैं। वे आपको प्रेरित करेंगे और आपके सपनों को आगे बढ़ाने के लिए आवश्यक प्रेरणा देंगे।

प्रक्रिया शुरू करने के बाद, आय, व्यय, उत्पादकता स्तर और मुनाफे को ट्रैक करना आवश्यक है, ताकि आप परिणामों की जाँच कर सकें और विश्लेषण कर सकें कि क्या उनकी अपेक्षा की गई थी या कोई समायोजन आवश्यक है।

एक-दूसरे पर विश्वास

यदि जीवन में सफल होना चाहते हैं, तो सबसे पहले आत्मविश्वास बढ़ाएँ। आपको हर समय अपनी क्षमताओं के साथ-साथ अपने कमजोर बिंदुओं के प्रति भी सावधान रहना चाहिए। बेशक, यदि आपने इस तरह का लक्ष्य बनाया है, तो ऐसा इसलिए है, क्योंकि आप स्वयं को सक्षम मानते हैं। इसलिए इस दिशा में प्रयास जारी रखें और प्रेरणा की इस भावना को विकसित करें। स्वयं को मौका दें और खुद को साबित करें।

यदि जीवन में सफल होना चाहते हैं, तो सबसे पहले आत्मविश्वास बढ़ाएँ। आपको हर समय अपनी क्षमताओं के साथ-साथ अपने कमजोर बिंदुओं के प्रति भी सावधान रहना चाहिए। बेशक, यदि आपने इस तरह का लक्ष्य बनाया है, तो ऐसा इसलिए है, क्योंकि आप स्वयं को सक्षम मानते हैं। इसलिए इस दिशा में प्रयास जारी रखें और प्रेरणा की इस भावना को विकसित करें। स्वयं को मौका दें और खुद को साबित करें।

आत्म-अनुशासन

जीवन में मिलनेवाले सुख हर दिन आपको लक्ष्य से विचलित करने की कोशिश में लगे रहते हैं। यही वे क्षण होते हैं, जिनमें आपको विशेष रूप से स्वयं को मजबूत दिखाना चाहिए। आपको जितना जल्दी हो सके, यह सीख लेना चाहिए कि कैसे अनुशासन में बँधकर और दृढ़ता से उनसे चिपके रहकर सफलता की लड़ाई लड़नी है। आप अपने चेतावनी तंत्र को सक्रिय करके एक समय में एक ही कार्य पर ध्यान केंद्रित करना सीख सकते हैं, अपने वित्त का प्रबंधन कर सकते हैं। फिर आप अधिक उत्पादक होंगे। आचरण के इन नियम को जितनी बार आवश्यक हो, उतनी बार दोहराना चाहिए, ताकि वे आपकी आदत में रच-बस जाएँ। ये न कर सकें तो उन्हें लिखकर घर में ऐसी जगह पर टाँग ले, जहाँ आते-जाते आपकी नजर पड़ती रहे।

> ***आप जो कुछ भी करते हैं, उसके लिए आपको केवल खुद पर भरोसा करना होगा। इस प्रतीक्षा में न रहें कि दूसरे लोग आकर आपका काम करेंगे, कदापि नहीं; क्योंकि यह आपका लक्ष्य है, आपकी लड़ाई है। दूसरों को भी अपनी खुद की चिंता है। संक्षेप में, आपके काम के लिए कोई दूसरा अपना काम कैसे छोड़ सकता है। कहा भी गया है कि 'जो स्वयं की मदद करता है तो ईश्वर भी उसकी मदद में जुट जाता है।'***

चूँकि यह प्रक्रिया आपको अपने सामान्य सुविधा-क्षेत्र से बाहर निकालने के बारे में है, इससे आप कुछ अन्य महत्त्वपूर्ण कामों पर ध्यान केंद्रित कर सकते हैं। यह युद्ध करने की तरह है, आपको लंबे समय तक लड़ना और बड़ा त्याग करना पड़ेगा।

दूसरों से उम्मीद न करें

आप जो कुछ भी करते हैं, उसके लिए आपको केवल खुद पर भरोसा करना होगा। इस प्रतीक्षा में न रहें कि दूसरे लोग आकर आपका काम करेंगे,

कदापि नहीं; क्योंकि यह आपका लक्ष्य है, आपकी लड़ाई है। दूसरों को भी अपनी खुद की चिंता है। संक्षेप में, आपके काम के लिए कोई दूसरा अपना काम कैसे छोड़ सकता है। कहा भी गया है कि 'जो स्वयं की मदद करता है तो ईश्वर भी उसकी मदद में जुट जाता है।'

विचारशीलता

जैसी कि हम उम्मीद करते हैं, हर बार वैसा लगभग कुछ भी नहीं होता है, इसलिए आपको हर परियोजना के लिए एक योजना के साथ संतुष्ट नहीं होना चाहिए। विषम स्थितियों के लिए आपको हर कीमत पर आकस्मिक योजनाएँ और रणनीतियाँ तैयार रखनी चाहिए। कहा जाता है कि एक बुद्धिमान व्यक्ति दो के बराबर होता है। इस प्रकार प्रत्येक समस्या से निपटने के लिए आप दोहरे मजबूत हो जाते हैं। आपको हमेशा पहले से तैयार रहना चाहिए।

विचारों की शक्ति

विचार केवल एक अमूर्त और अदृश्य शक्ति है, जिसे आप जानते हैं। जो भी आपको लगता है, वह आपके जीवन में प्रकट होने का प्रयास करता है, जब तक कि आप इसके विपरीत विचारों से इसे बेअसर न करें। आपका विचार निश्चित रूप से और सकारात्मक रूप से, आपके मन के माध्यम से आपके लिए मूर्त पूँजी का उत्पादन कर सकता है।

विचार ने दुनिया में सभी मशीनों और उपकरणों का निर्माण किया है और लगातार कारों, टाइपराइटर, कंप्यूटर, रेडियो, टी.वी. सेट, संगीत वाद्ययंत्र और सभी प्रकार के अनगिनत घरेलू उपकरणों का निर्माण कर रहा है। मशीनों और अंतरिक्ष के इस युग में इन सभी आविष्कारों और खोजों और सुधारों को एक विशिष्ट, उद्‌देश्यपूर्ण तरीके से सोचनेवाले लोगों ने बनाया है।

विचार प्रारंभिक क्रिया है। अपने मन में सद्‌भाव, स्वास्थ्य, शांति और अच्छी इच्छा के विचारों के साथ व्यस्त रहें और आप देखेंगे आपके जीवन में आश्चर्यजनक परिवर्तन होगा। हर विचार एक कारण है और हर स्थिति एक प्रभाव है। अपने विचारों को बदलें और आप अपना भाग्य बदल दें। अपने मन

हर विचार एक कारण है और हर स्थिति एक प्रभाव है। अपने विचारों को बदलें और आप अपना भाग्य बदल दें। अपने मन को समृद्धि, सफलता और सुखी जीवन के विचार दीजिए। बदले में जीवन भर उन्हें कई गुना कीमत के साथ प्राप्त कीजिए। अपने विचार पर दृष्टि रखें।

को समृद्धि, सफलता और सुखी जीवन के विचार दीजिए। बदले में जीवन भर उन्हें कई गुना कीमत के साथ प्राप्त कीजिए। अपने विचार पर दृष्टि रखें। हर विचार को सच्चा मानकर आपका मस्तिष्क उसे तंत्रिका-तंत्र में भेज देता है और वहाँ से वह आपकी दुनिया में एक वास्तविकता के रूप में सामने आता है। अपने विचारों को बदलें और इस तरह आप अपनी नियति (भाग्य) को बदलते हैं।

आपका मन गीली मिट्टी की तरह होता है। यह किसी भी तरह के—अच्छे या बुरे विचार को स्वीकार कर उसी आकार में ढल जाता है। आपके विचार सक्रिय होते हैं। उन्हें वे बीज मान लें, जो आप अपने मन की मिट्टी में बोते हैं। आपके लिए केवल एक चीज जरूरी है कि आपका मन आपके विचार को स्वीकार करे और फिर आपके मन का कानून आपको स्वास्थ्य, शांति और इच्छित प्रभाव देने लगता है। आप कमांड या आदेश देते हैं और आपका मन ईमानदारी से उस विचार को पुनः उत्पन्न कर देगा, जो उस पर प्रभावित हुआ था। आपके मन का कानून यह है कि आपको अपने चेतन मन के विचार या विचार की प्रकृति के अनुसार आपके मन से क्रिया या प्रतिक्रिया मिल जाएगी।

आपके विचार जीवन की प्रकृति के अनुसार, आपको जो भी चाहिए, उसे आकर्षित करते हैं। विचार दुनिया को नियंत्रित करता है। आपको आश्चर्य होगा कि नए विचार; जो आपके मन में आते हैं, वे धन में बदल सकते हैं। अपने भीतर के खजाने को पहचानें, अपने विचारों को व्यवस्थित करें और उन्हें कार्यान्वित करें। दूसरा व्यक्ति क्या कहता है, उसके वक्तव्य से आप वास्तव में तभी परेशान हो सकते हैं, जब आप उसे परेशान करने की अनुमति देते हैं। आपको परेशान करने का एकमात्र तरीका आपके अपने विचार ही हैं।

नकारात्मक विनाशकारी विचार आपके मन में नकारात्मक ढंग से काम करते हैं। निश्चित रूप से, समय आने पर आपको उनके अनुरूप ही फसल मिलेगी। आपके मन के आदतन विचार आपके मन में गहरे खाँचे बना देते हैं।

मनोवैज्ञानिक और मनोचिकित्सकों का कहना है कि जब विचार आपके मन में पड़ जाते हैं, तो मस्तिष्क-कोशिकाओं में इंप्रेशन बनते हैं। जैसे ही आपका मन किसी भी विचार को स्वीकार करता है, वह तत्काल ही उस पर काम आरंभ कर देता है। यह विचारों के संघटन द्वारा काम करता है और हर तरह के ज्ञान का उपयोग करता है, जिसे आपने अपने जीवन भर में इकट्ठा किया है, ताकि इसके बारे में ज्यादा जानकारी मिल सके। यह आपके भीतर अनंत शक्ति, ऊर्जा और ज्ञान पर निर्भर करता है। यह प्रकृति के सभी नियमों को अपने तरीके से प्राप्त करने के लिए तैयार करता है। कभी-कभी यह आपकी कठिनाइयों का तत्काल समाधान कर देता है और कभी यह एक दिन, सप्ताह या उससे अधिक समय ले सकता है।

मनोवैज्ञानिक और मनोचिकित्सकों का कहना है कि जब विचार आपके मन में पड़ जाते हैं, तो मस्तिष्क-कोशिकाओं में इंप्रेशन बनते हैं। जैसे ही आपका मन किसी भी विचार को स्वीकार करता है, वह तत्काल ही उस पर काम आरंभ कर देता है। यह विचारों के संघटन द्वारा काम करता है और हर तरह के ज्ञान का उपयोग करता है, जिसे आपने अपने जीवन भर में इकट्ठा किया है, ताकि इसके बारे में ज्यादा जानकारी मिल सके।

मनोवैज्ञानिक और मनोविश्लेषक बताते हैं कि जब विचार आपके मन तक पहुँचते हैं, तो वे मस्तिष्क की कोशिकाओं पर अपनी छाप छोड़ देते हैं। यदि आपके आदतन विचार सामंजस्यपूर्ण शांतिपूर्ण और सृजनात्मक हैं, तो यह आपके तथा आपके कॅरियर दोनों के लिए बहुत फायदेमंद होता है, इसलिए यह बात जान ले की विचार ही वस्तु है।

यह जीवन हमारे लिए नहीं है, क्योंकि हमारे सपने हमें जीवंत बनाते हैं, सभी स्तरों पर श्रेष्ठ होने की इच्छा जगाते हैं, कल से और बेहतर होने के लिए प्रेरित करते हैं, तो आप भी आराम से सपने देखें। एक बेहतर भविष्य और अपनी इच्छाओं की पूर्ति की कल्पना करें।

विवरण पर ध्यान देना

इसी तरह, जो कुछ भी आप देखते हैं या करते हैं, उसके प्रति बारीकी से सावधान रहना सीखना चाहिए। इस प्रकार, आप चीजों को अच्छी तरह से कर सकते हैं और काम को बिना बाधा के पूरा कर सकते हैं। आप गलतियों से भी बेहतर ढंग से संरक्षित होंगे, भले ही वे आपके द्वारा हों या दूसरों के।

सपना कैसे देखना है ?

सफल होने के लिए, यह सबसे ऊपर है कि किसी के सपने को देखा और महसूस किया जाए। जब तक आपने इसकी पहले से कल्पना नहीं की है, तब तक आपको इस सफलता का कोई अंदाजा नहीं होगा। केवल इस तरह से आप अपने आप को प्रेरित करने में सक्षम होंगे। इसलिए यह आवश्यक है कि आप मन में उन छवियों को बनाने में सक्षम हों कि सफलता से आप वास्तव में क्या समझते हैं।

एक अन्य दृष्टिकोण के अनुसार, जो व्यक्ति सपना नहीं देखता, उसकी सफल होने की उम्मीद भी नहीं होती। वह दिन-प्रतिदिन के व्यवहार से ही संतुष्ट होगा और जीवन के सामान्य प्रवाह का पालन करेगा, दिशा या उम्मीद के बिना। इस स्थिति में उसे वास्तव में किसी भी प्रयास की आवश्यकता नहीं होगी।

यह जीवन हमारे लिए नहीं है, क्योंकि हमारे सपने हमें जीवंत बनाते हैं, सभी स्तरों पर श्रेष्ठ होने की इच्छा जगाते हैं, कल से और बेहतर होने के लिए प्रेरित करते हैं, तो आप भी आराम से सपने देखें। एक बेहतर भविष्य और अपनी इच्छाओं की पूर्ति की कल्पना करें।

सपना बड़ा देखें

सपने हमेशा बड़े देखें, यहाँ तक कि जो असंभव जैसे लगते हों।

किसने सोचा होगा कि एक दिन इंटरनेट होगा, एक उपकरण, जो पूरी दुनिया को जोड़ने में सक्षम होगा, किसने सोचा होगा कि कॉस्मेटिक सर्जरी इतनी ताकतवर होगी, फास्ट फूड इतने लोकप्रिय होने के बारे में पहले ही कौन अनुमान लगा सकता था? संक्षेप में, पागलपन भरे विचारों में कोई शर्म की बात नहीं है, भले ही साधारण लोग उन्हें अव्यवहार्य या मायावी मानें।

सपने पर डटे रहें

जीवन में आगे बढ़ने, सफल होने और इसे सार्थक बनाने के लिए आपको हमेशा अपने सपने पर विश्वास रखना चाहिए। कई सच्ची कहानियाँ यह साबित करती हैं कि जब कोई इसमें सच्चे मन से शामिल होता है तो उसकी हर इच्छा पूरी हो सकती है। अपने आस-पास बिखरी ऐसी सच्ची कहानियों को आप प्रत्यक्ष देख-सुन सकते हैं। इससे पता चलता है कि हर किसी के पास जिंदगी की विषम स्थिति, सामाजिक पृष्ठभूमि या वित्तीय क्षमता की विपरीतता के बावजूद सफल होने का मौका है। उनका पालन करना आप पर निर्भर है। अपने सपनों पर अडिग रहें, हमेशा उन्हें ध्यान में रखें। यदि आपके सभी प्रयास उनकी दिशा में संयुक्त होते हैं, तो आप उन तक पहुँच जाएँगे।

जीवन में जो कुछ भी घटित हो, हमेशा चीजों को सही दिशा की तरफ ले जाएँ। अपना गिलास आधा भरा देखने की आदत डालें। जब विफलता की बात आती है, तो आप अपना समय बरबाद करने की बजाय उससे सीख सकते हैं। इस तरह, आपका मूड अच्छा रहेगा और आप अधिक खुले, अधिक रचनात्मक और अधिक कार्यकुशल होंगे।

जीवन में जो कुछ भी घटित हो, हमेशा चीजों को सही दिशा की तरफ ले जाएँ। अपना गिलास आधा भरा देखने की आदत डालें। जब विफलता की बात आती है, तो आप अपना समय बरबाद करने की बजाय उससे सीख सकते हैं। इस तरह, आपका मूड अच्छा रहेगा और आप अधिक खुले, अधिक रचनात्मक और अधिक कार्यकुशल होंगे।

विश्वास द्वारा मन को मजबूती प्रदान की जाती है और आपको वही विश्वास समृद्ध बनाता है। हमें यह विश्वास होना चाहिए कि हम अपने जीवन को बेहतर बना सकते हैं। यह विश्वास, चाहे सच्चा हो, या झूठा हो या तटस्थ हो, लंबे समय तक कायम रखा जाना चाहिए। इसे हमारी मानसिकता में घुल-मिल जाना चहिए। जब तक कि विपरीत प्रकृति के विश्वास के जरिए इसे खारिज न कर दिया जाए, यह देर-सबेर साकार हो जाता है।

व्यक्तिगत विकास

व्यक्तिगत विकास कई दरवाजों की कुंजी है। हममें से कई ने इसे समझा है, क्योंकि इससे संबंधित गतिविधियों की तीव्र प्रगति को प्रत्यक्ष होते देखा है। यह ऐसा कुछ है, जिसके लिए आपको हमेशा हर दिन थोड़ा सा समय बिताना पड़ता है। लक्ष्य रखें—खुद को बेहतर जानना, सुधार करने में सक्षम होना और दिन-प्रतिदिन खुद को सुधारते जाना।

व्यक्तिगत विकास की सभी तकनीकों को सिर्फ पढ़ने की बजाय, उन्हें अपने जीवन में ठोस रूप में और लगातार लागू करते रहें और प्रभावी परिणामों से लाभ प्राप्त करें। दिमाग की यह संस्कृति आपको बेहतर और साहसी होने की ओर प्रशस्त करेगी; संक्षेप में, खुले और चैतन्य होने के लिए, बेहतर होने के लिए। सफलता के लिए यह एक स्पष्ट तसवीर आपके समक्ष रखने में मदद करेगी और इसे प्राप्त करने का सबसे अच्छा तरीका भी सुझाएगी। आपकी मनोदशा हमेशा सचेत और शांत होगी।

चमत्कारों में विश्वास बंद करें

जीवन में उपहार में कुछ नहीं मिलता, सबकुछ आपके प्रयासों का परिणाम होता है। परिस्थितियों के अपने पक्ष में मुड़ने की प्रतीक्षा न करें, क्योंकि उन पर आपका कोई नियंत्रण नहीं है। सबसे अच्छा जो आप कर सकते हैं, वह है खुद को तैयार करना। 'बी' योजना तैयार रखें, ताकि जरूरत पड़ने पर वह काम आ सके। शिकायत से कोई फायदा नहीं होगा, क्योंकि यह आपके सपने की हकीकत है।

विश्वास करना

विश्वास करना जीवन जीने का नियम है। नए-नए विचार मस्तिष्क तक जाते हैं और उनकी पुनरावृत्ति मन में विश्वास जगाती है। विश्वास द्वारा मन को मजबूती प्रदान की जाती है और आपको वही विश्वास समृद्ध बनाता है। हमें यह विश्वास होना चाहिए कि हम अपने जीवन को बेहतर बना सकते हैं। यह विश्वास, चाहे सच्चा हो, या झूठा हो या तटस्थ हो, लंबे समय तक कायम रखा जाना चाहिए। इसे हमारी मानसिकता में घुल-मिल जाना चहिए। जब तक कि विपरीत प्रकृति के विश्वास के जरिए इसे खारिज न कर दिया जाए, यह देर-सबेर साकार हो जाता है। हम सभी के भीतर यह शक्ति है कि हम अपने भीतर के नकारात्मक विश्वासों को बदलकर उनकी जगह पर सकारात्मक विश्वास रख सकते हैं और इस तरह अपने जीवन को बेहतर बना सकते हैं। आपके विश्वास का उद्देश्य सत्य है या झूठ, उसी के अनुरूप आपको परिणाम प्राप्त होंगे।

अगर आप चाहते हैं कि आपके विचार साकार रूप ग्रहण करें तो उन पर विश्वास करना शुरू कर दें। आपके साथ जो कुछ होता है, वह विश्वास के माध्यम से मन पर प्रभावित विचारों पर आधारित है। मन आपकी मान्यताओं को स्वीकार करेगा और आपके विश्वास स्वीकार करेगा। ईमानदारी, सम्मान, कार्य की पवित्रता, विश्वसनीय संरक्षण और निःस्वार्थ कर्म द्वारा विश्वास पनपता है। इनके बिना यह नहीं रह सकता। किसी भी समस्या से उबरने का सबसे बड़ा उपाय है—आपका विश्वास।

चाहे आपके विश्वास की वस्तु असली या गलत है, आपको परिणाम मिलेंगे। आपका मन आपके दिमाग में मौजूद विचारों का जवाब देता है। विश्वास को अपने दिमाग में एक विचार के रूप में देखें और वह पर्याप्त होगा। जीवन का कानून विश्वास का कानून है। एक विश्वास आपके मन में एक विचार है। चीजों को नुकसान पहुँचाने या स्वयं को चोट पहुँचाने में विश्वास न करें, अपनी शक्ति में विश्वास करें। जो कुछ भी आपका मन ग्रहण करता है और सच मानता है; उसे स्वीकृत और धारण कर लेता है। इसलिए अच्छे भाग्य,

> ***याद रखें कि विश्वास जमीन में लगाए गए बीज की तरह है, यह अपनी तरह से बढ़ता है। अपने मन में विचार (बीज) को रोपित करें, आशा और उम्मीद की अभिलाषा के साथ इसे पानी और खाद से सींचें तो यह प्रकट होगा।***

दिव्य मार्गदर्शन, सही कर्म और जीवन के सभी आशीर्वाद में विश्वास करें।

याद रखें कि विश्वास जमीन में लगाए गए बीज की तरह है, यह अपनी तरह से बढ़ता है। अपने मन में विचार (बीज) को रोपित करें, आशा और उम्मीद की अभिलाषा के साथ इसे पानी और खाद से सींचें तो यह प्रकट होगा।

संगठनात्मक भावना

जैसा कि आप जानते हैं, सफलता पाने के लिए योग्यता अर्जित करना आवश्यक है। एक कठिन और बड़ी नौकरी आपका इंतजार कर रही है। संगठन के बिना, आप कभी भी लक्ष्य तक नहीं पहुँच पाएँगे, बल्कि खुद को भूलभुलैया में खो देंगे, जोकि आप स्वयं ही बनाएँगे। तो अभी, अपनी प्राथमिकताओं को परिभाषित करें, कालक्रम के अनुसार सभी कार्यों को विभाजित करें; अपने प्रत्येक दिन, अपने महीनों आदि की योजना बनाएँ। प्रत्येक कार्य के लिए समय निर्धारित करें। अपनी संगठनात्मक शक्ति के साथ आप बेहतर रूप से यह देखेंगे कि वास्तविक समय में क्या किया जा सकता है, क्या हासिल किया जाता है, क्या किया जाना बाकी है और सब में कितना समय लगेगा। यह सारी जानकारी प्रेरणा का महत्त्वपूर्ण स्रोत होगी।

सीखना कभी बंद न करें

जीवन एक शाश्वत शिक्षा है। बेशक, एक दिन या कुछ सालों में आप सबकुछ सीखने और सबकुछ जानने में सक्षम नहीं होंगे। यह जीवन का स्कूल है, जो आपको और अधिक पढ़ाएगा, अगर आप उसे सबक प्राप्त करने के लिए स्वीकार करते हैं। आप अपने अनुभवों का विस्तार करने के लिए इंटर्नशिप, कोई कोर्स या ट्रेनिंग भी जारी रख सकते हैं, चाहे आपकी उम्र जो भी हो। सीखने और सुधारने में कभी देर नहीं होती है।

रोचक चीजों के प्रति हमेशा उत्सुक और चौकस रहें, जितना ज्यादा हो सके, खोजों और यात्रा पर जाएँ। दरअसल, अन्य स्थानों को देखकर आपको अन्य तरीकों, अन्य दृष्टिकोणों और अन्य मानसिकताओं के बारे में पता चलता है। यात्रा के दौरान आपको अवसरों और विचारों में बढ़ोतरी करने का सुयोग मिलता है, जो आपको अपने लक्ष्य तक ले जा सकता है और उत्पन्न होनेवाली समस्याओं के संभावित समाधान ढूँढ़ सकता है।

यदि आप दुनिया के लिए खुले नहीं हैं तो आप वास्तव में जीवन जीने की कला को सीखने में सक्षम नहीं होते। सावधान रहें, क्योंकि यह अकसर सबसे हानिरहित स्थिति होती है, जब आप किसी सबसे बड़े विचार से रू-ब-रू हो सकते हैं। आप जहाँ भी हों—घर पर, बाजार में, सार्वजनिक स्थान पर या कहीं और अपने दिमाग को सदैव खुला रखें तथा अपने निष्कर्षों के बारे में कुछ कहना चाहते हैं तो बेझिझक कहें।

दुनिया के लिए खुले रहें

यदि आप दुनिया के लिए खुले नहीं हैं तो आप वास्तव में जीवन जीने की कला को सीखने में सक्षम नहीं होते। सावधान रहें, क्योंकि यह अकसर सबसे हानिरहित स्थिति होती है, जब आप किसी सबसे बड़े विचार से रू-ब-रू हो सकते हैं। आप जहाँ भी हों—घर पर, बाजार में, सार्वजनिक स्थान पर या कहीं और अपने दिमाग को सदैव खुला रखें तथा अपने निष्कर्षों के बारे में कुछ कहना चाहते हैं तो बेझिझक कहें। यह निष्कर्ष एक बयान के रूप में हो सकता है, या जो कुछ भी आपने देखा था, उससे उत्पन्न कोई उपयोगी विचार या तकनीक हो सकती है। अभी वह भले ही आपको उपयुक्त न लगे, लेकिन हो सकता है कि भविष्य में उसकी उपयोगिता सिद्ध हो, इसलिए उसे नोट करके रख लें।

संचार करें, शेयर करें, चर्चा करें। फिर भी, किसी के साथ अपना समय

बरबाद न करें, खासतौर पर उनके साथ, जो आपको विचलित करने के लिए हैं या आपको आपकी खोज से दूर कर देते हैं, जिनकी आपके समान महत्त्वाकांक्षा नहीं है। इसके विपरीत, अनुभवों में बढ़ोतरी करें और लोगों के साथ उन्हें साझा करें, जो आपके लिए अच्छे उदाहरण प्रस्तुत कर सकते हों। वार्त्तालाप शुरू करने से डरें नहीं, क्योंकि यह रुचिपूर्ण हो सकता है।

अथक काम करें

सफल होने के लिए आपको पता होना चाहिए कि आप कहाँ जा रहे हैं और कैसे करेंगे। निश्चित रूप से, आपको काम करना होगा। इसके बाद एक निश्चित गति प्राप्त करने का प्रयास करना होगा, ताकि आपके प्रयासों और परिणामों को संतुलित करके रखा जा सके। निरंतर काम आपको जागरूक रखता है कि क्या किया जा रहा है या क्या करना बाकी है।

सफलता किसी व्यक्ति द्वारा चुने गए लक्ष्यों को हासिल करना है। ऐसे लक्ष्य, जिनकी कोई व्यक्ति आकांक्षा रखता है और उनके लिए कार्य करता है, भले ही वे कुछ भी हों। यह हमारे प्रयत्नों का सकारात्मक परिणाम है।

सफलता किसी व्यक्ति द्वारा चुने गए लक्ष्यों को हासिल करना है। ऐसे लक्ष्य, जिनकी कोई व्यक्ति आकांक्षा रखता है और उनके लिए कार्य करता है, भले ही वे कुछ भी हों। यह हमारे प्रयत्नों का सकारात्मक परिणाम है। उपलब्धियों के सिलसिले को जब एक साथ रखकर जीवन की बड़ी उपलब्धियों के साथ जोड़ा जाता है तो उसे सफलता के रूप में जाना जाता है। प्रत्येक व्यक्ति के लिए सफलता के भिन्न-भिन्न अर्थ होते हैं। सफलता का अर्थ कई रूपों और परिभाषाओं में होता है। यह सब इस बात पर निर्भर करता है कि आप जीवन में क्या तलाश रहे होते हैं। सफलता एक यात्रा है, गंतव्य नहीं है, आपको लगातार आगे बढ़ते रहना है। सफलता आपके पास नहीं आती, आप इसके पास जाते हैं। बहुत कम लोगों को इत्तफाक से सफलता मिलती है।

□

11

सफल जीवन के लक्ष्यपरक सिद्धांत

क्या आप जानते हैं कि आपका लक्ष्य क्या है ? आप जो चाहते हैं, उसे जानकर और अपनी ताकत से अवगत होने के बाद, आप जीवन का एक मार्ग तैयार कर सकेंगे, जिसका आपको केवल पालन करना होगा।

अपने लक्ष्य को स्पष्ट करिए। उन्हें पूर्ण करने की योजना बनाइए और अपने लिए एक समय सीमा निर्धारित कीजिए। फिर बाधाओं एवं अन्य लोगों की आलोचनाओं की परवाह किए बिना, परम विश्वास और दृढता के साथ अपनी योजना को क्रियान्वित कीजिए।

कोई लक्ष्य न होने की दिक्कत यह है कि आप अपनी जिंदगी मैदान में इधर-उधर दौड़ते हुए बिता देंगे, पर एक भी गोल नहीं कर पाएँगे। फुटबॉल की तरह जिंदगी में भी आप तब तक आगे नहीं बढ़ सकते, जब तक कि आपको अपने लक्ष्य का पता न हो। जब हम ऐसे लक्ष्य से प्रेरित होते हैं, जिनका गहरा अर्थ हो, ऐसे सपनों से प्रेरित होते हैं, जिनके पूर्ण होने की चाहत हो और ऐसे प्रेम से प्रेरित होते हैं, जिसको व्यक्त करने की जरूरत हो तो हम वाकई में जिंदगी जीते हैं।

जीवन में सफल होने के लिए, आपको यह भी पता होना चाहिए कि सही विकल्प कैसे बनाएँ और सही निर्णय कैसे लें। यही कारण है कि समय-समय पर कदम पीछे खींचना सीखना भी उपयोगी होता है।

साँस लेने के लिए कुछ सेकंड रुकने में संकोच न करें और जाँचें कि जिस मार्ग का चयन आपने किया है, वह आपके लिए उपयुक्त है। जीवन के

वायुमंडल से बाहर निकलने की कोशिश न करें।

मूल्यांकन के बाद यदि कदम वापस खींचना उपयुक्त जान पड़ता हो तो झिझकें नहीं। इससे जारी सड़क-यात्रा और आगे की सड़क को बेहतर ढंग से समझने में मदद मिलती है। यह कदम हमें अपने लक्ष्यों, उद्देश्यों या सपनों को प्राप्त करने के लिए एक नई कार्य-योजना बनाने की समझ भी देता है।

जीवन का भरपूर आनंद लें

क्या कोई जीवन सफल हो सकता है, अगर हम उसकी सराहना नहीं करते हैं तो? उत्तर स्पष्ट रूप से 'न' होगा। आनंद मनाना आपके लक्ष्यों का हिस्सा होना चाहिए। जीवन में आनेवाले या मौजूदा सुखद क्षणों को पहचानें और उनका भरपूर आनंद उठाएँ। उन विकल्पों को चुनें, जो आपको एक अमीर और पूर्ण जीवन जीने की ओर अग्रसर करते हैं। इस प्रकार आपके चेहरे पर मुसकान खेलने लगेगी और आप एक सकारात्मक ऊर्जा से भर उठेंगे।

सकारात्मक दिमाग रखना बहुत महत्त्वपूर्ण है, खासकर यदि आप नई परियोजनाएँ शुरू करना चाहते हैं। मुश्किल समय में यह आपका बहुत मददगार होता है या जब आपको इसकी सबसे ज्यादा जरूरत होती है।

सकारात्मक दिमाग रखना बहुत महत्त्वपूर्ण है, खासकर यदि आप नई परियोजनाएँ शुरू करना चाहते हैं। मुश्किल समय में यह आपका बहुत मददगार होता है या जब आपको इसकी सबसे ज्यादा जरूरत होती है।

तुलना से बचें

प्रतिस्पर्धा या तुलना आपकी मदद नहीं करती, बल्कि इसके विपरीत यह आपके मनोबल को कमजोर कर सकती है। सफलता एक खोज है, जो आपकी व्यक्तिगत दृष्टि और महत्त्वाकांक्षा की बुनियाद पर टिकी होती है।

आपको कल्पना करके अपने आप पर दबाव डालने की आवश्यकता नहीं है कि दूसरे लोग आपसे बेहतर कर रहे हैं। यदि आप दूसरों से अपनी

तुलना करना ही चाहते हैं, तो आपको सीखना होगा कि इसे सही तरीके से कैसे किया जाए।

किन्हीं को अपना प्रेरणास्रोत बना लें। उन पर गौर करें और देखें—

- कौन सी बातें उन्हें लोगों से अलग करती है ?
- वे कैसा व्यवहार करते हैं ?
- उनकी मन:स्थिति क्या है ?

इससे आपको अपने आपको सुधारने, दोषों को सही करने और गुणों में सुधार करने का सुअवसर मिलता है।

अनुभवात्मक और किताबी ज्ञान

जीवन में अनुभव से मिला ज्ञान कम-से-कम उतना ही महत्त्वपूर्ण है, जितना किताबों से मिला ज्ञान। स्कूल महत्त्वपूर्ण है, लेकिन किताबों से जो ज्ञान आप प्राप्त करते हैं, वह भी कम महत्त्वपूर्ण नहीं है। यह ज्ञान यह समझने में निश्चित रूप से उपयोगी है कि हम किस बारे में बात कर रहे हैं और हमारे विचार को बलवती करता है कि हमें किसका अनुसरण करना चाहिए और वास्तविक जीवन में अपने अनुभव से हम जो ज्ञान या शिक्षा ग्रहण करते हैं, वही हमें हर स्थिति में अपने अंतर्ज्ञान का उपयोग करना सिखाता है। अनुभवात्मक ज्ञान और पुस्तक ज्ञान के बीच एक अच्छा संतुलन आपके भावी जीवन की सफलता में निर्णायक रूप से सहायक होता है।

सम्मान और शिष्टाचार

कोई भी व्यक्ति शोषण पसंद नहीं करता, इसलिए दूसरों के साथ वैसा ही व्यवहार करें, जैसा आप अपने लिए चाहते हैं; साथ ही अपने रिश्तों से व्यवस्थित रूप

कोई भी व्यक्ति शोषण पसंद नहीं करता, इसलिए दूसरों के साथ वैसा ही व्यवहार करें, जैसा आप अपने लिए चाहते हैं; साथ ही अपने रिश्तों से व्यवस्थित रूप से लाभ लेने की कोशिश नहीं करनी चाहिए। इस नीति के पालन से भविष्य में आपको निश्चित लाभ मिलता है।

से लाभ लेने की कोशिश नहीं करनी चाहिए। इस नीति के पालन से भविष्य में आपको निश्चित लाभ मिलता है। आप नहीं जानते कि भविष्य में आपके साथ क्या घटित होनेवाला है, इसलिए सम्मान, शिष्टाचार और ईमानदारी जैसे गुणों को जीवन-आचरण बनाएँ।

आत्म-मूल्यांकन की आदत

हम सभी गलतियाँ करते हैं और हमें कई बाधाओं का सामना करना पड़ता है, जो हमारे विकास में बाधक बनती हैं। आत्म-मूल्यांकन न करके इस तरह के जोखिम में हम और वृद्धि कर लेते हैं। किसी की गलतियों पर चिंतन करके, उस तरह की गलतियों से बचकर हम तेजी से प्रगति के पथ पर आगे बढ़ सकते हैं। आप किससे मिलते हैं और उससे क्या प्राप्त करते हैं, इस बारे में विचार करें। दूसरों के अनुभवों का आनंद लें और सावधान रहें कि उनकी गलतियों को दोहराएँ नहीं।

जुनून

आप जो हासिल करना चाहते हैं, उसके लिए समय और प्रयास की आवश्यकता पड़ती है। समय सबसे कीमती वस्तु है। क्या आप एक ऐसे लक्ष्य की तलाश में हैं, जिसमें आप वास्तव में शामिल होना चाहते हैं और जिसके लिए आप अपना कीमती समय निवेश करेंगे, क्या कोई विषय है, जो आपकी सभी इंद्रियों को जाग्रत् करता है? अपना जुनून ढूँढ़ना बहुत मुश्किल हो सकता है, लेकिन एक बार जब आप इसे पहचान लेंगे, तो फिर कोई भी बाधा आपको अपना सपना साकार करने से रोक नहीं सकती है।

जब आप रिक्त होंगे तो अपने जीवन में सफलता कैसे प्राप्त कर सकते हैं? वास्तव में, हम वह सबकुछ चाहते हैं, जो हमारे पास नहीं है और जब हम इस पर ध्यान केंद्रित करते हैं तो खुद को अकसर बाधा, कठिनाई और ईर्ष्या के बीच घिरा पाते हैं।

जब आप रिक्त होंगे तो अपने जीवन में सफलता कैसे प्राप्त कर सकते हैं? वास्तव में, हम वह सबकुछ चाहते हैं, जो

हमारे पास नहीं है और जब हम इस पर ध्यान केंद्रित करते हैं तो खुद को अकसर बाधा, कठिनाई और ईर्ष्या के बीच घिरा पाते हैं।

सवाल यह उठता है कि जब आपके पास कुछ भी नहीं है तो अपने जीवन को सफल कैसे बनाएँ? इस तरह का सवाल बहुत आम है और क्या आप जानते हैं, इसका जवाब क्या हो सकता है?

आप हमेशा कुछ समृद्ध होते हैं। बिल्कुल रिक्त नहीं होते, कुछ-न-कुछ आपके पास जरूर होता है। सफल होने के लिए पैसे का सवाल नहीं है, बल्कि खुशी का। इन दो ध्रुवों—सफलता और खुशी के बीच एक रिश्ता होता है, इसलिए भ्रम को लेकर बहस करना निरर्थक है, हालाँकि सफलता और खुशी का हर किसी के लिए बिल्कुल समान अर्थ नहीं है।

आप हमेशा कुछ समृद्ध होते हैं। बिल्कुल रिक्त नहीं होते, कुछ-न-कुछ आपके पास जरूर होता है। सफल होने के लिए पैसे का सवाल नहीं है, बल्कि खुशी का। इन दो ध्रुवों—सफलता और खुशी के बीच एक रिश्ता होता है, इसलिए भ्रम को लेकर बहस करना निरर्थक है, हालाँकि सफलता और खुशी का हर किसी के लिए बिल्कुल समान अर्थ नहीं है।

कुछ लोग समुद्र तट के किनारे या पहाड़ की चोटी पर बने घर में खुशी देखते हैं। कुछ अन्य इसे महानगरों के ऊँचे टावरों में देखते हैं तो कुछ अपने परिवार, बीवी, बच्चों में।

कोई अच्छी या बुरी परिभाषा नहीं है। आपकी अपनी परिभाषा है। आपके पास विचार हैं, एक आग, जो आप में जलती है। आपके पास बौद्धिक, शारीरिक क्षमताएँ हैं। आपके पास एक ब्रह्मांड में रहने का मौका है, जो आपको हर दिन नए अवसर प्रदान करता है। आपके जीवन की गुणवत्ता आपकी भावनाओं की गुणवत्ता पर निर्भर करती है। आप शून्यता में विकसित नहीं होते। अपनी ताकत को पहचानना क्या मायने रखता है। अपने लक्ष्यों को परिभाषित करें और उनके प्रति काम करें।

जीवन में सफल होना, जब आपके पास कुछ भी नहीं है, यह उसी को समझने के बारे में है। इसकी क्षमता को कम करने के लिए नहीं और यह समझने के लिए कि कड़ी मेहनत के माध्यम से, आप अपने सपनों को सच कर सकते हैं।

सफल जीवन के सिद्धांत

सफलता के लिए मानसिक रूप सें तैयारी करें और अपने आत्मविश्वास को पुष्ट करें। आपके पास आपके विचारों को चुनने की शक्ति है, जो आपकी भावनाओं को निर्धारित करते हैं। आकर्षण के सिद्धांत के अनुसार, जिन भावनाओं को आप अंतर मन से ग्रहण करना चाहते हैं, वे आपसे जुड़ जाती हैं। जो कुछ आपके पास पहले से मौजूद है, उस सबकी सराहना करें और आभारी रहें।

सफलता के लिए मानसिक रूप सें तैयारी करें और अपने आत्मविश्वास को पुष्ट करें। आपके पास आपके विचारों को चुनने की शक्ति है, जो आपकी भावनाओं को निर्धारित करते हैं। आकर्षण के सिद्धांत के अनुसार, जिन भावनाओं को आप अंतर मन से ग्रहण करना चाहते हैं, वे आपसे जुड़ जाती हैं। जो कुछ आपके पास पहले से मौजूद है, उस सबकी सराहना करें और आभारी रहें।

अपने लक्ष्यों को स्पष्ट रूप से परिभाषित करें कि आप क्या चाहते हैं; फिर अपने लक्ष्यों के लिए प्रति शत-प्रतिशत प्रतिबद्ध हो जाएँ, यदि आप इन्हें अपना जीवनाधार बनाना चाहते हैं। ये गलती कदापि न करें कि लक्ष्य परिभाषित किया, इसे कागज के टुकड़े पर लिखा, एक दराज में डाला और भूल गए; इस तक पहुँचने के बारे में कुछ न करें और आप अनुमान लगा सकते हैं कि क्या होगा? कुछ भी नहीं।

अपने सपने को एक कागज पर लिखकर दीवार पर चिपका लें। एक बार जब आप अपनी इच्छा को परिभाषित कर लेते हैं, तो इस पर ध्यान केंद्रित करने के लिए कल्पना करना सीखें।

कभी हार न मानें। यदि आप स्पष्ट रूप से जानते हैं कि आप क्या हासिल करना चाहते हैं, तो निरंतर उस पर दृढ रहें, चाहे आप कितने ही समय तक अपने लक्ष्य पहुँच पर पहुँचे।

यदि आप किसी भी कारोबार या सफल व्यक्ति की कहानी पढ़ते हैं, तो आप देखेंगे कि 10 में से 9 मामलों में सफलता उन्हीं लोगों को हासिल होती है, जो विफलताओं से न घबराकर संकटों का सामना करते हुए भी अपने लक्ष्य की ओर बढ़ते रहते हैं। एकमात्र असली विफलता अपने लक्ष्य को त्याग देना है।

सकारात्मक लोगों से, जो लोग आप पर विश्वास करते हैं, जो खुद पर भरोसा करते हैं और अपने जीवन में सफल होने की संभावना रखते हैं—स्वयं को ऐसे लोगों से घेरे रखें। इस तरह के लोगों द्वारा छोड़ी गई ऊर्जा आपको सफल जीवन के लिए आवश्यक ईंधन प्रदान करती है।

सकारात्मक लोगों से, जो लोग आप पर विश्वास करते हैं, जो खुद पर भरोसा करते हैं और अपने जीवन में सफल होने की संभावना रखते हैं—स्वयं को ऐसे लोगों से घेरे रखें। इस तरह के लोगों द्वारा छोड़ी गई ऊर्जा आपको सफल जीवन के लिए आवश्यक ईंधन प्रदान करती है। इसके विपरीत, नकारात्मक लोग आपके ईंधन को रिक्त करने के लिए आते हैं और आपको अपने गंतव्य पर आगे बढ़ने से रोकते हैं।

सभी सफलताओं का जश्न मनाएँ। प्राप्त सफलता सफलताओं की उत्तराधिकारी है, यहाँ तक कि मामूली सफलताओं की भी। कभी नहीं भूलें कि सफलता ही सफलता लाती है। इसलिए हर छोटी सफलता का जश्न मनाया जाना चाहिए। सफलता के लिए खुद को बधाई देनी चाहिए।

जितना अधिक आप अपने दिमाग को सफलता का आदी बनाते हैं, उतनी ज्यादा ही सफलता वह आपको दिलाएगा।

□

12

सफल वित्तीय प्रबंधन

जीवन में वित्तीय प्रबंधन आवश्यक है। योजनाएँ छोटी हों अथवा बड़ी, उनके क्रियान्वयन में कम-से-कम खर्च और अधिक-से-अधिक बचत की नीति को अपने वित्तीय प्रबंधन की मुख्य नीति बनाना चाहिए।

पैसे बचाने या उन्हें निवेश करने के लिए आपको क्या करना है, इसकी समझ होना कारोबारी जगत् में सबसे बुद्धिमान होने की निशानी है। सफल जीवन के लिए धन प्राप्ति के साथ-साथ और बहुत कुछ करने की आवश्यकता होती है। ज्यादातर लोगों के लिए सफलता का यही अर्थ है। इसलिए हमें अपने पास मौजूद संसाधनों की सदैव बढ़ोतरी की कोशिश जारी रखनी चाहिए।

इसमें निवेश एक प्रभावी नौकरी खोजने के अलावा वह प्रभावी समाधान है, जो आपको काफी आगे तक ले जा सकता है। निवेश आपको आय उत्पन्न करना, सहनशील होना और क्रियाशील होना सिखाता है। इसके कई विकल्प हैं, जैसे विभिन्न प्रकार की बचत या निवेश, कॉरपोरेट क्रिया-कलाप या शेयर बाज़ार के शेयर, ऑनलाइन काम या इंटरनेट के विभिन्न संभावित उपयोग, ऑनलाइन या ऑफलाइन बिक्री, मैनुअल या स्व-रोजगार।

जोखिम का स्वाद लेने की तैयारी

अवसर पैदा होते ही हमें बिना इंतजार किए उन्हें लपक लेना चाहिए। हमें जोखिम लेना चाहिए, जो कई बार कम महत्त्व का होता है और कई बार

बहुत महत्त्वपूर्ण। किसी परियोजना की सफलता कभी खत्म नहीं होती, बल्कि यह छोटी-छोटी जीतों को संकलित करके लंबे समय की प्रतीक्षा के बाद सफलता के उच्च मुकाम पर पहुँच सकती है। हर बार जब आप जोखिम लेते हैं तो यह विशेष अनुभूतियों से जुड़ा होता है। इससे आपके कड़ी मेहनत में रुचिकर चीजें जुड़ जाती हैं, विशेषकर इसलिए, क्योंकि इस तरह से जीतकर आप एक गहरी संतुष्टि महसूस करेंगे।

'मैं काम, कड़ी मेहनत और लंबे समय तक काम करने में यकीन करता हूँ। इनसान अधिक काम करने से नहीं टूटता, बल्कि चिंता और असंयम से टूटता है। कठिन मेहनत ने इसे आसान बना दिया है। यही मेरा राज है, इसीलिए मैं जीतता हूँ। मैं बहानों में विश्वास नहीं करता। मैं जीवन की समस्याओं को सुलझाने के लिए कठिन परिश्रम को प्रमुख कारक मानता हूँ।'

मैं जानता हूँ कि आप यह हजारों बार सुन चुके हैं, लेकिन यह सच है—परिश्रम का फल मिलता है। यदि आप अच्छे बनना चाहते हैं तो खूब अभ्यास कीजिए। यदि आप किसी चीज से प्रेम नहीं करते तो उसे मत कीजिए। कड़ी मेहनत के बिना जीवन हम मनुष्यों को कुछ भी नहीं देता।

बुद्धिमान बनें

यदि आप अपने जीवन को सफल बनाना चाहते हैं तो आपको सही जगह और सही समय पर जितना संभव हो, उतना सीखना होगा। दरअसल, सबसे अच्छे अवसर एक बार झलक दिखाते हैं और आपको उन्हें पकड़ने के लिए वहाँ मौजूद रहना पड़ता है, साथ ही यह

> ***यदि आप अपने जीवन को सफल बनाना चाहते हैं तो आपको सही जगह और सही समय पर जितना संभव हो, उतना सीखना होगा। दरअसल, सबसे अच्छे अवसर एक बार झलक दिखाते हैं और आपको उन्हें पकड़ने के लिए वहाँ मौजूद रहना पड़ता है, साथ ही यह जानना भी जरूरी है कि परिस्थितियों को अपने पक्ष में कैसे बदला जाए और उनके बारे में बातचीत कैसे करें।***

जानना भी जरूरी है कि परिस्थितियों को अपने पक्ष में कैसे बदला जाए और उनके बारे में बातचीत कैसे करें। कभी-कभी हो सकता है कि आप बात को अपने पक्ष में न मोड़ पाएँ, लेकिन समकक्ष दूसरी जगह पर आप नए विचारों या समाधानों की तलाश कर सकते हैं। ऐसी खोज में, तथ्यों को भावनाओं पर प्राथमिकता देनी चाहिए। दूसरों की तुलना में बेहतर बनें, फिर आप उनसे बेहतर प्रदर्शन करेंगे, जिससे आप तेजी से सफल होने की संभावनाओं को बढ़ा सकते हैं।

रचनात्मक बनें

कुछ विफलताएँ हमेशा एक संघर्ष के साथ आती हैं, लेकिन हमें हार नहीं माननी चाहिए, न ही उन पर शोक करना और दूसरों पर दोष डालना चाहिए। इसकी बजाय अपने नुकसान से सबक सीखें। सुनिश्चित करें कि आगे बढ़ने के लिए आपने जो सीखा है, उसके उपयोग के साथ यह अनुभव व्यर्थ नहीं होगा।

जो लोग आपके प्रतिस्पर्धी या भागीदार हैं, वे भी बहुत पैसा बनाना चाहेंगे या अपने खाते के लिए अधिक लाभ कमाना चाहेंगे। या फिर वे आपके लिए काम करना पसंद करेंगे। इसे ध्यान में रखते हुए आपको कल्पना करनी है कि वे भी आपकी तरह ही विजेता हैं और आपको एक उचित रणनीति के तहत उनसे पार पानी है। इस प्रकार, आपको अपने भागीदारों को खोने का जोखिम नहीं होता, बल्कि उनका विश्वास आप पर बना रहता है।

जब भी आवश्यकता उत्पन्न हो, वहाँ पहुँचने के लिए अपने तार्किक विचारों के साथ तैयार रहें। हर बार जब भी आप किसी अनजान निवेश में हाथ डालें तो पहले अच्छी तैयारी कर लें। अन्य चीजों के बीच, अपनी रचनात्मक भावना को, अपने संभावित ग्राहकों और सहयोगियों को आश्चर्यचकित करने के लिए विकसित करें, ताकि वे आपकी परियोजना को आकर्षक कीमत पर या उदारता से शुरू करने के लिए सहमत हों।

सबक

कुछ विफलताएँ हमेशा एक संघर्ष के साथ आती हैं, लेकिन हमें हार नहीं माननी चाहिए, न ही उन पर शोक करना और दूसरों पर दोष डालना चाहिए। इसकी बजाय अपने नुकसान से सबक सीखें। सुनिश्चित करें कि आगे बढ़ने के लिए आपने जो सीखा है, उसके उपयोग के साथ यह अनुभव व्यर्थ नहीं होगा।

दृढता

जीवन में कुछ भी स्वत: हासिल नहीं होता, यह हमेशा आसान नहीं है और जैसी कि हम कल्पना करते हैं, वैसा कुछ भी नहीं होता। यह एक लंबी लड़ाई है, जिसे लड़ने के लिए दृढता का गुण होना अनिवार्य है। यह गुण आपको कई आसन्न समस्याओं से बाहर निकालेगा, साथ ही विफलताओं के दर्द को भी जल्दी ही कम करने में सहयोगी होगा।

अंतर की आवाज सुनें

अपने अंतर्ज्ञान पर विशेष ध्यान दें, क्योंकि जीवन ग्राह्य अवसरों से मिलकर बना है, जिन्हें (अवसरों को) समझना हमेशा आसान नहीं होता। इन्हें परखने के लिए अपने अंतर्ज्ञान को विशेष रूप से जागरूक करना होगा, ताकि आप भलीभाँति यह परख सकें कि क्या आपके योग्य है और क्या नहीं। जब आप संदेह से घिरे हों, तब अंतर की आवाज एकमात्र और सबसे अच्छा समाधान है। अंतर्ज्ञान से नेतृत्व क्षमता विकसित होती है। इसके अलावा, यह स्वयं में एक महान् आत्मविश्वास का प्रतीक है, एक अच्छी गुणवत्ता, जो निश्चित रूप से आगे बढ़ने का मार्ग बनाती है।

□

13

सफलता के रहस्य

सफलता संतोष की स्थिति है, जिसे हर व्यक्ति विभिन्न कारकों—सामाजिक, सांस्कृतिक, पर्यावरण के अनुसार परिभाषित करता है। इसे प्राप्त करने के लिए निश्चित रूप से बलिदान देना पड़ता है, लेकिन सफलता पाने के लिए कुछ लोगों द्वारा किए गए प्रयासों और उद्घाटित रहस्यों को जान लेना महत्त्वपूर्ण होगा, जिससे आपका मार्ग आसान हो जाता है।

सफलता की धारणा

कल्पना कीजिए कि आपके लिए सफलता लोकप्रिय है। आप अपने जीवन में इसे एक वास्तविकता बनाने के लिए अपने हाथ-पैर मारेंगे। अब यह तो तय हो गया है, आपको एहसास है कि वास्तविक लोकप्रिय होना कल्पना की तुलना में कहीं अधिक कठिन है। दरअसल कहीं भी पहुँचने के लिए एक पागल दौड़ शुरू करने से पहले सफलता की स्पष्ट धारणा होना बेहतर है।

कल्पना

आप मन में जो महसूस करते हैं, उसे ही अपनी ओर आकर्षित करते हैं। आप जिसकी कल्पना करते हैं, वही बन जाते हैं। यदि आप ऐसा कर लेते हैं तो इसके बाद आपके जीवन में चमत्कार होने लगेंगे। आप हमेशा कल्पना कर रहे हैं, चाहे नकारात्मक या रचनात्मक। अपने लिए और दूसरों के लिए भी सदैव अच्छी कल्पना कीजिए। अपने आप से पूछिए, 'क्या मैं दूसरे के लिए जो कल्पना कर रहा हूँ, वैसी अपने लिए चाहूँगा?' आपका जवाब 'हाँ'

होना चाहिए। याद रखें कि जैसी आप दूसरे के लिए कल्पना करते हैं, आप स्वयं के लिए भी इच्छुक होते हैं।

कल्पना आपकी सबसे शक्तिशाली आंतरिक शक्ति है। कल्पना कीजिए कि सुंदर और अच्छी रिपोर्ट क्या है। अच्छी व प्रेमपूर्ण बातों की कल्पना करें। कल्पना के विज्ञान में आप अपनी सभी गंदगी और अशुद्धियों को खत्म करते हैं, जैसे लालच, ईर्ष्या, द्वेष, भय, संदेह और क्रोध। केवल अपने लक्ष्यों पर ध्यान दें और उन्हें दैवीय आदेश में पूरा करें। किसी भी विचार को साकार करना है तो उसे सजीव कल्पना में उतारें। इससे आपकी आँखों के सामने उसका सजीव रूप बनता है और उसके पूर्ण होने में सफलता भी मिलती है। धन, सफलता और समृद्धि के लिए कई लोग प्रार्थना करते हैं और साथ ही इसमें कमी और हीनता की छवि भी होती है। इच्छा और कल्पना को सहमत होना चाहिए। जब आपकी इच्छा और आपकी कल्पना संघर्ष में होती है, आपकी कल्पना हमेशा जीत जाती है।

अपने कौशल को जानें

एक बात तो तय है कि आप वही करना चाहेंगे, जिसे आप प्रभावी ढंग से कर सकते हैं; बनिस्बत इसके कि पहले सीखें, फिर करें। इसे स्वीकार करें कि हर कोई रातोरात रेसिंग कार चलाना नहीं सीख सकता, न ही कोलंबस से ज्यादा आसानी से अपने लक्ष्यों का मार्ग खोज सकता है। सफलता की संभावनाओं को बढ़ाने के लिए अपने कौशल को जानना आवश्यक है।

एक बात तो तय है कि आप वही करना चाहेंगे, जिसे आप प्रभावी ढंग से कर सकते हैं; बनिस्बत इसके कि पहले सीखें, फिर करें। इसे स्वीकार करें कि हर कोई रातोरात रेसिंग कार चलाना नहीं सीख सकता, न ही कोलंबस से ज्यादा आसानी से अपने लक्ष्यों का मार्ग खोज सकता है। सफलता की संभावनाओं को बढ़ाने के लिए अपने कौशल को जानना आवश्यक है।

अपनी कमजोरियों को जानें

एक के बिना दूसरा व्यर्थ है। यदि आप अपने कौशल के बारे में भलीभाँति जानते हैं, तो आपको अपनी कमजोरियों के कारणों का भी पूरा ज्ञान होना चाहिए। किसी व्यक्ति की ताकत उसकी कमजोरियों के ज्ञान में निहित है। जितना अधिक और जल्दी आप यह जान लेते हैं कि बेहतर बनने के लिए प्रयास आपको किस दिशा में करना है, उतनी ही जल्दी और बेहतर तरीके से आप अपनी वांछित उपलब्धि के करीब आ जाएँगे।

आदर्श बनाएँ

क्या आपकी किसी क्षेत्र-विशेष में सफल होने की अभिलाषा है? यदि हाँ तो पहले उसका चयन करें, फिर अपने सभी संसाधनों को उसे साकार करने के लिए झोंक दें। सबसे महत्त्वपूर्ण चीजों में से एक है, यदि कई आदर्श नहीं हैं तो एक आदर्श जरूर होना चाहिए। यह किसी व्यक्ति की छाया में चलने की बात नहीं है, जो कि होशियार और प्रतिभाशाली है, बल्कि उस व्यक्ति से कुछ सीखने के लिए है, ताकि उसकी संभावित गलतियों को जानकर उनसे बचा जा सके। यह मूल रूप से सकारात्मकता है, जो आपको लाभान्वित करती है।

स्वयं को शिक्षित करना

इसके बारे में ज्यादा नहीं कहा जा सकता, शिक्षित व्यक्ति वह है, जो खुद को बनाता है। जीवन में सफल होने के लिए शिक्षित होने का कोई भी मौका हाथ से न जाने दें। संसाधन हर जगह मौजूद हैं—किताबें, प्रशिक्षण, सम्मेलन, सलाहकार। जिस क्षेत्र में आप सफल होना चाहते हैं, वहाँ की छोटी-बड़ी, सीखने के लिए उपलब्ध सभी संभावनाओं का लाभ उठाते रहें।

> ***जीवन में सफल होने के लिए शिक्षित होने का कोई भी मौका हाथ से न जाने दें। संसाधन हर जगह मौजूद हैं—किताबें, प्रशिक्षण, सम्मेलन, सलाहकार। जिस क्षेत्र में आप सफल होना चाहते हैं, वहाँ की छोटी-बड़ी, सीखने के लिए उपलब्ध सभी संभावनाओं का लाभ उठाते रहें।***

शून्य में कूदने के लिए तैयार रहें

सर्कस में, रस्सी पर चलने-कूदनेवाले कलाकारों के करतब देखकर हम अकसर भय से अपनी आँखें बंद कर लेते हैं। आप शायद यही सोचते हैं कि व्यायाम के दौरान, वह इसका उपयोग करता है और कूदना उसे कम खतरनाक लगता है। फिर भी खतरा बना रहता है। यही आपको करने की जरूरत है, क्योंकि एक बात निश्चित है, जब आप पहले ही सफल हो चुके हैं तो आप कभी भी सफलता के बारे में निश्चित नहीं होंगे, तो आप किसका इंतजार कर रहे हैं?

संगठित हो जाएँ

संगठन के बिना ब्रह्मांड की सबसे शानदार परियोजना केवल एक छोर तक पहुँच पाती है—एक कड़वी विफलता तक। इसलिए सबसे पहले और सबसे महत्त्वपूर्ण हैं, संगठित हो जाएँ और योजना बनाएँ, यही एकमात्र तरीका है, जिससे आप आगे बढ़ सकते हैं। केवल सनक की बुनियाद पर ही हम सफल नहीं हो सकते; सफलता की बुनियाद तैयारी है।

अवसरों को ग्रहण करना सीखना

हर इनसान के जीवन में, कुछ अवसरों को 'जीवन के अवसर' कहा जा सकता है। जाहिर है, वे एक से अधिक बार प्रकट नहीं होंगे। ऐसे अवसर वे हैं, जो बंद दरवाजे खोलकर दृढ लक्ष्यों की उपलब्धि के मार्ग खोलते हैं। इसलिए सलाह दी जाती है कि उन्हें फिसलने न दें, वरना बाद में पछतावे के अलावा कुछ हासिल नहीं होगा।

अवसर लपकें

अवसर हमेशा आपके दरवाजे पर दस्तक दे रहे हैं। आप जो चाहते और महसूस करते हैं, उसकी एक स्पष्ट मानसिक तसवीर बनाएँ। यह आपका मौका है! कोई महान् व्यक्ति अवसर की कमी की शिकायत कभी नहीं करता। जो अवसर को समय पर पकड़ ले, वही सफल होता है। यदि मनुष्य प्यास से मर जाए तो मर जाने के बाद उसे अमृत के सरोवर का भी क्या लाभ?

जो अवसर को समय पर पकड़ ले, वही सफल होता है। यदि मनुष्य प्यास से मर जाए तो मर जाने के बाद उसे अमृत के सरोवर का भी क्या लाभ? यदि कोई मनुष्य अवसर पर चूक जाए, तो उसका पछताना निष्फल है। हमारा सामना हरदम बड़े-बड़े अवसरों से होता रहता है, जो चालाकीपूर्वक असाध्य समस्याओं के वेश में छिपे रहते हैं।

यदि कोई मनुष्य अवसर पर चूक जाए, तो उसका पछताना निष्फल है। हमारा सामना हरदम बड़े-बड़े अवसरों से होता रहता है, जो चालाकीपूर्वक असाध्य समस्याओं के वेश में छिपे रहते हैं।

मिलनसार बनना

आगे बढ़ें, उन लोगों से खुले दिल से मिलें, जिनसे जीवन में आप पहली बार मिलते हैं। दयालु रहें और आप देखेंगे कि आपके आस-पास के लोग भी आपका अनुसरण करने लगे हैं। दूसरे आपसे सहानुभूति रखेंगे और आपकी मनोदशा हमेशा ताजादम बनी रहेगी।

सावधान रहें

बेशक, चीजों का हिस्सा बनें; लेकिन इस बात का जरूर ध्यान रखें कि दुर्भावनापूर्ण लोग आपके साथ दुर्व्यवहार न कर पाएँ, जो छोटे उद्देश्यों तक पहुँचने के लिए आपकी पहुँच का दुरुपयोग कर सकते हैं।

स्वयं पर नियंत्रण रखना

समयानुकूल बिना आत्म-प्रतिबंधों को लागू किए और बिना किसी विशेष काररवाई के जीवन में कोई भी इनसान सफल नहीं हो पाता। आप स्वयं के प्रति जितने अधिक कठोर और आत्म-नियंत्रित होते हैं, उतने ही आप अपने लक्ष्यों के करीब होंगे।

व्यक्तिगत असफलताओं से सीखना

सफलता के लिए मंजिल तक पहुँचने की यात्रा में अनेक बाधाएँ आपका मार्ग रोकने के लिए मुँह बाए खड़ी होंगी। इनमें से कई को आप आसानी से

पार कर लेंगे और कुछ कड़वी गोली निगलने जितनी कठिन हो सकती हैं। आपको आवश्यक रूप से अपनी अंतर निहित क्षमताओं को उभारना होगा ताकि आप रास्ते के पत्थरों को आसानी से पार कर सकें।

आलोचना स्वीकार्यता

गरम बहस के बीच कभी-कभी ब्योरे को समझना मुश्किल होता है। ऐसी स्थिति में तटस्थ पर्यवेक्षकों की नियुक्ति करनी चाहिए, जो यह बता सके कि किन स्थानों पर पुनः कार्य करने की आवश्यकता है।

पाने की उम्मीद से बचें

क्या आप बदले में कुछ भी पाने की उम्मीद के बिना कुछ दे सकते हैं? यदि आपका उत्तर 'नहीं' में है, तो जीवन में सफलता की संभावना कम हो जाती है। महान् आत्माओं में एक बात आम है—एक उदार दिल। ध्यान रखें, आप जो भी करते हैं, निश्चित रूप से वापस वैसा ही पाएँगे।

आत्म-प्रेरणा

आपके पास आपका सबसे बड़ा प्रेरक खुद के अलावा कोई नहीं है। आगे बढ़ने के लिए प्रेरणाप्रद शब्द कहें। इनसे स्वयं को वंचित न करें।

मानव रहना

सफलता की अपनी दौड़ में, उन लोगों के संपर्क में रहना सुनिश्चित करें, जिन्हें आप पसंद करते हैं। 'असंवेदनशील पशु' न बनें; अन्यथा आप एक ऐसी सफलता प्राप्त करेंगे, जो निराशा में समाप्त हो जाएगी।

काम के साथ आराम

जिस सफलता की आप तलाश कर रहे हैं, उसका उद्देश्यपूर्ण पूर्ति है। यह अकल्पनीय होगा, यहाँ तक कि विरोधाभासी भी कि आप इसे पाने के लिए बिना आराम किए दौड़ रहे हैं। आराम करें, खुश रहें, आपकी सफलता आप तक पहुँच जाएगी।

□

14

दबाव-मुक्त सफल जीवन

'सामाजिक सफलता' भी जीवन में बराबर महत्त्व की सफलता है, जिसके कई लाभ हैं। इसके लिए क्या करें?

ईर्ष्या से मुक्ति

हम अपने से ज्यादा ज्ञानी या अमीर सहकर्मियों से ईर्ष्या कर सकते हैं, जो कि सामाजिक रूप से हमसे बेहतर और सफल होते हैं, लेकिन हमें समझना चाहिए कि इसका मतलब यह नहीं है कि वे खुश हैं; हो सकता है कि वे इसके विपरीत हों और अगर वे खुश हैं, तो हमारे लिए बेहतर है, क्योंकि निराशा की तुलना में खुशी अधिक संक्रामक है।

काम पर कम तनाव

काम एक साधन है, लेकिन इसे हमारे जीवन की मुख्य खोज नहीं होना चाहिए। काम पर हमारी पहचान काम के एक उपकरण के तौर पर होनी चाहिए, केवल काम की भूमिका के आधार पर नहीं। इस बारे में जागरूक होकर हमें यह भय नहीं रहेगा कि हम इस पर आश्रित हैं।

कल के डर से मुक्ति

कल से डर क्यों, क्या आप अपने काम के बारे में जोखिम लेने से डरते हैं, जो आपकी आजीविका चलाने में अक्षम है, अपने ज़ुनून को हवा देने से डरते हैं, जिसे आप विकसित करना चाहते हैं? हमारे पास हमारे बाहरी जीवन (भोजन, घर, सुरक्षा) को संतुष्ट करने के लिए बहुत सारी सामग्री है।

बड़ी बाधा आने पर हम कड़ी मेहनत करके उसे वापस खदेड़ सकते हैं।

बेशक कुछ लोग शायद अधिक जटिल परिस्थितियों में फँसे होते हैं, जिन्हें अधिक सावधानी की आवश्यकता होती है, लेकिन हममें से अधिकांश के लिए, जोखिम लेने के नकारात्मक परिणाम हमारे जीवन में अपेक्षाकृत छोटे हैं और स्थिति को अनुकूल बना लेने की क्षमता अधिक।

इस ग्रह पर हमारा जीवन ब्रह्मांड के मुकाबले एक तिनके जितना क्षुद्र और सीमित है।

सही प्राथमिकताएँ तय कर लेने पर हम हर दिन का भरपूर आनंद ले सकते हैं—अगली पदोन्नति या अगली छुट्टी के इंतजार के बिना दैनिक आधार पर निराश हुए बिना और उस रास्ते पर चलकर, जो हमारे लिए अद्वितीय है।

शहरी तब पूछता है, "लेकिन तुम बाकी समय क्या करते हो?" "मैं देर तक सोता हूँ, थोड़ी मछलियाँ पकड़ता हूँ, अपने बच्चों के साथ खेलता हूँ, पत्नी के साथ झपकी लेता हूँ। शाम को अपने दोस्तों से मिलने उनके घर जाता हूँ। हम शरबत पीते हैं और गिटार बजाते हैं। मेरा जीवन बड़ा व्यस्त है।"

एक छोटी कहानी

एक छोटे सागर तटीय गाँव में एक नाव बंदरगाह पर लौटती है, जिसमें कई टूना मछलियाँ होती हैं। एक शहरी मछली की गुणवता पर मछुआरे की प्रशंसा करता है और उससे पूछता है कि उसे पकड़ने में उसे कितना समय लगा।

मछुआरा जवाब देता है, "बहुत ज्यादा नहीं।"

"लेकिन तुम अधिक मछलियाँ पकड़ने के लिए दिन भर समुद्र में क्यों नहीं रहे ?" शहरी पूछता है। मछुआरा जवाब देता है कि ये कुछ मछलियाँ उसके परिवार के पालन के लिए पर्याप्त होंगी।

शहरी तब पूछता है, "लेकिन तुम बाकी समय क्या करते हो ?"

"मैं देर तक सोता हूँ, थोड़ी मछलियाँ पकड़ता हूँ, अपने बच्चों के साथ खेलता हूँ, पत्नी के साथ झपकी लेता हूँ। शाम को अपने दोस्तों से मिलने उनके

घर जाता हूँ। हम शरबत पीते हैं और गिटार बजाते हैं। मेरा जीवन बड़ा व्यस्त है।"

शहरी ने उसे टोका, "मैंने एम.बी.ए. किया है। मैं तुम्हारी मदद कर सकता हूँ। तुम्हें दिन में देर तक मछली पकड़ना शुरू करना चाहिए। लाभ कमाकर तुम एक बड़ी नाव खरीद सकते हो, फिर दूसरी नाव और धीरे-धीरे ज्यादा पैसे कमाकर मछली पकड़नेवाला जालदार जहाज।

"अपनी मछलियों को बिचौलियों को बेचने की बजाय तुम सीधे फैक्टरियों को बेच सकते हो और अपनी फैक्टरी भी खोल सकते हो।

"फिर तुम छोटे से गाँव से निकलकर बड़े शहर में रहकर व्यापार कर सकते हो।"

मछुआरा तब पूछता है, "कितना समय लगेगा?"

शहरी कहता है, "15 से 20 साल।"

"और बाद में?"

शहरी हँसते हुए कहता है, "इसके बाद बड़ी चीजें होती हैं।"

"जब समय आता है, तो तुम अपनी कंपनी को शेयर बाजार में उतारकर लाखों कमा सकते हो।"

"लाखों, लेकिन बाद में?"

"इसके बाद, तुम सेवानिवृत्त हो सकते हो, एक छोटे तटीय गाँव में रह सकते हो, आराम से सो सकते हो, अपने पोते के साथ खेल सकते हो, थोड़ी मछली पकड़ सकते हो, अपनी पत्नी के साथ झपकी ले सकते हैं और अपनी शाम को अपने दोस्तों के साथ गिटार बजाते और शरबत पीते व्यतीत कर सकते हो।"

"वो सब तो मैं अभी भी कर रहा हूँ।"

तो इस प्रकार, सफलता और खुशियाँ पाने का सबके जीवन का नजरिया भिन्न-भिन्न है। आपका भी अपना निजी हो सकता है। उसी प्रकार से सफलता पाने का प्रयास करें।

□

15

सफलता बनाम सफल जीवन

जीवन में सफल होना और जीवन को सफल करना दो अलग बातें हैं। हम सब अलग हैं। सभी असाधारण। हमारे पास कौशल, इच्छाएँ, प्रेरणा और विभिन्न लक्ष्य हैं। अपने जीवन में सफल होने के लिए जरूरी नहीं है कि आप भी वही सब करें, जो आपके पड़ोसी ने किया है।

आपको यह समझना होगा कि किए जानेवाले प्रयासों और रणनीतियों का उपयोग वास्तव में निर्भर करता है आपके लक्ष्यों पर। दुनिया को समझने के आपके तरीके में। आप किसका इंतजार कर रहे हैं? और अंत में, आप किससे उपजे हैं। उन लक्ष्यों के अलावा, जो व्यक्ति को चेतन करते हैं।

हम निर्मित प्राणी हैं। हम सभी हमारी शिक्षा से, हमारे पर्यावरण से प्रभावित होते हैं, तो आपके पास, किसी भी अन्य व्यक्ति की तरह, मूल्यों की एक सुव्यवस्थित प्रणाली है। तो 'जीवन में सफलता'—वाक्यांश की परिभाषा बाद वाले वाक्यानुसार विकसित होती है। शायद आप पहले धन की तलाश में हैं या प्यार या पारिवारिक जीवन या शांति की। सफलता कोई खुशी नहीं है। ऐसे लोगों की भीड़ मौजूद है।

तो जीवन में सफल होने के तरीके को समझने के लिए, हमें समझना होगा कि हम वास्तव में चाहते क्या हैं और उन मूल्यों का पालन करें, जो हमें प्रेरित करते हैं। पैसा केवल उसके लिए महत्त्वपूर्ण है, जो इसे महत्त्व देता है।

सफल होने के लिए एकमात्र चीज जिस पर कोई भी व्यक्ति सहमत होगा, वह यह है कि आपको एक ईमानदार प्रयास करना होगा। एक मजबूत

प्रेरणा बनाए रखें। एक विस्तृत कार्य योजना तैयार करें और उस पर डटे रहें, क्योंकि हम वास्तव में यह कभी नहीं जानते कि हम जिसे सफलता कहते हैं; हम उससे कितनी दूर हैं।

खुशी के साथ सफलता

मुझे समय और अनुभव के साथ पता चला है कि खुशी की धारणा रहस्यों से घिरी हुई है। मानो हम इसे समझना ही नहीं चाहते थे और यहाँ तक पहुँचना खतरनाक था।

आपकी खुशी के बारे में क्या कहा जाए, क्या यह धुएँ के परदे में छिपी हुई है, क्या इसे परिभाषित करना मुश्किल है ?

परीक्षा करें। आज रात बिस्तर पर जाएँ, मान लें कि आप खुश हैं। आपके जीवन में सबकुछ बहुत अच्छा है। आपके सामने आनेवाली बाधाएँ वे तत्त्व हैं, जिनसे आपको डरना नहीं चाहिए, क्योंकि वे आपको आपकी क्षमता, आपकी आंतरिक शक्ति को उजागर करने की प्रेरणा देंगे।

परीक्षा करें। आज रात बिस्तर पर जाएँ, मान लें कि आप खुश हैं। आपके जीवन में सबकुछ बहुत अच्छा है। आपके सामने आनेवाली बाधाएँ वे तत्त्व हैं, जिनसे आपको डरना नहीं चाहिए, क्योंकि वे आपको आपकी क्षमता, आपकी आंतरिक शक्ति को उजागर करने की प्रेरणा देंगे।

इस बात को दृढता के साथ अपने मन में बिठा लें। अगले दिन सुबह उठें और एक अच्छा दिन बिताने का फैसला करें। मुसकान के साथ इस नए नियम का अनुपालन करें। शांत और खुले दिल से रहें। आपके और दूसरों के लिए भी। अपने आसपास के लोगों को अपने जीवन की खुशियाँ दिखाएँ और शाम को जब आप दिन भर के घटनाक्रम पर विचार करेंगे तो तय करेंगे कि खुश रहना जीवन को सफल बनाने का ही एक तरीका है, तो क्यों न खुशी को आदत बना लिया जाए।

खुशी के साथ सफल होने के लिए बस अपने आदर्शों का पालन करना

है, न कि दूसरों के। जीवन में सफलता पाना एक वृहद् विषय है, दबाव बहुत बड़ा है, पूछताछ निरंतर है।

जब भी आप सफलता के बारे में सोचते हैं, तो आप क्या देखते हैं? एक परिवार, एक बड़ा घर, एक बड़ी कार, भरा बैंक खाता, लेकिन आपके सपनों का क्या, उन्हें आप समाज द्वारा थोपे गए दबाव को पूरा करने के लिए बलिदान कर देंगे?

निम्नलिखित में से कौन सा व्यक्ति अपने जीवन में सफल है—

एक व्यापारी, जो लाखों कमाता है, लेकिन तनाव, अकेलेपन, छवि-पूजा में लगा रहता है और अपना परिवार भी शुरू नहीं कर पाता या एक पूर्व बैंकर, जिसने अपनी वैभवपूर्ण दुनिया छोड़कर शहर से दूर एकांत में लकड़ी की मूर्तियाँ गढ़ने का काम शुरू कर दिया हो?

दरअसल खुशी पैसे पर निर्भर नहीं करती। यह इनसान के सपने, उसकी जुनूनी इच्छा की तृप्ति पर निर्भर करती है। कुछ लोगों के लिए व्यापारी का जीवन सफलता की छवि है तो कुछ लोगों के लिए यह एक लंबा और बंद रास्ता।

सफलता हमेशा दूसरों द्वारा मूल्यांकित होती है, लेकिन वास्तव में किसी इनसान में इतनी क्षमता नहीं होती, जो आपके अनुभवों का मूल्यांकन कर सके।

जीवन में सफल होने के क्या मायने है? दर्पण में देखकर कहने में सक्षम होना कि हर दिन हम खुद को बनाते हैं, हमारी इच्छाओं का पालन करके, दूसरों की नहीं।

असफलता एक वजनी पत्थर की तरह है, क्योंकि यह दिखने में भारी लगता है और सहन करने में एक कठिन निर्णय की तरह। इसके अलावा, अगर आप अपने आसपास सुनेंगे तो देखेंगे कि शब्द विफलता (या सफलता) शब्द अनुभव से कहीं अधिक बार दोहराया जाता है। इससे बचने की जरूरत है।

□

16

धन के बिना सफलता

आप अपने आस-पास के लोगों से अकसर सुनते होंगे कि हर कोई अपना जीवन बदलना चाहता है। जीवन नहीं तो कम-से-कम कुछ तो बदले और यह तार्किक भी है। हम सुधार करना चाहते हैं, उन्नति चाहते हैं तो जीवन में नई चुनौतियाँ लेने से घबराएँ नहीं। हालाँकि इस अवलोकन से दो प्रकार के प्रतिबिंब उभरते देखे गए हैं—

1. बदलाव के लिए आगे बढ़नेवाले लोगों की संख्या।
2. बहाना खोजनेवाले।

ये विकल्प विरोधात्मक हैं, जिन्हें कुछ लोग हर दिन आगे करते हैं। आप कौन सा करते हैं?

छिपना बंद करके रास्ते ढूँढ़ें

पहले ही हार मान लेनेवाले लोग अकसर पैसों की कमी का बहाना बनाकर हथियार डाल देते हैं। जो लोग सोचते है कि उनके सपने बहुत बड़े हैं, जहाँ पहुँचना असंभव है; दरअसल वे कोशिश ही नहीं करते और मौजूदा संभावनाओं की अनदेखी कर देते हैं।

अधिकांश लोग सकारात्मक प्रयास करने से चूक जाते हैं। कोई खोजबीन नहीं करते, कोई काररवाई नहीं करते। वे चर्चा के चरण में बने रहने और कुछ भी करने से पहले ही अपनी विफलता पर भरोसा करने लगते हैं। इन स्थितियों में कैसे सफल हुआ जा सकता है?

आप जानते हैं, हम सौ रुपए की मामूली पूँजी के साथ भी अपना व्यापार

स्थापित कर सकते हैं। हम सलाह, संपर्क, प्रशिक्षण, प्रायोजन इत्यादि से लगभग मुफ्त में ये लाभ उठा सकते हैं।

यह सच है कि धन चीजों को आसान बनाता है, लेकिन सफलता—प्रयास, योजना और संगठन पर आधारित है और यह अमीर लोगों का विशेषाधिकार नहीं है।

धन के बिना सफल होने के लिए, आपको अपने डर का सामना साहसपूर्वक करना होगा। जोखिम पर मुसकराएँ और बाद में अपनी क्षमता का प्रदर्शन करने का एक शानदार अवसर देखने के लिए तैयार रहें!

दुर्भाग्य से, लोग ज्यादातर परिणामों में रुचि रखते हैं, लेकिन जीवन सभी युद्धों से ऊपर है, वह मार्ग, जो सफलता की ओर जाता है, उससे भी। अकसर पूछा जाता है कि 'आप जो भी करते हैं, उसमें सफल कैसे हो सकते हैं', लेकिन जो भी इस सवाल का जवाब देने में सक्षम होने का दावा करता है, वह झूठा है, क्योंकि विफलता सीखने का हिस्सा है। उसके बिना, हम कुछ भी नहीं होंगे। हम मामूली अहसास की सराहना करने में भी सक्षम नहीं होंगे।

दुर्भाग्य से, लोग ज्यादातर परिणामों में रुचि रखते हैं, लेकिन जीवन सभी युद्धों से ऊपर है, वह मार्ग, जो सफलता की ओर जाता है, उससे भी। अकसर पूछा जाता है कि 'आप जो भी करते हैं, उसमें सफल कैसे हो सकते हैं', लेकिन जो भी इस सवाल का जवाब देने में सक्षम होने का दावा करता है, वह झूठा है, क्योंकि विफलता सीखने का हिस्सा है। उसके बिना, हम कुछ भी नहीं होंगे। हम मामूली अहसास की सराहना करने में भी सक्षम नहीं होंगे।

जो सवाल आप खुद से पूछ रहे हैं, वह गलत है। यह यथार्थवाद और इच्छा की कमी को दिखाता है। कोई भी हर काम में सफल नहीं हो सकता और यह अच्छा भी है!

सकारात्मक गतिशीलता

आप अकसर बाहरी चमक देखने के

आदी हैं। आप अभिनेताओं, सफल उद्यमियों और बड़ी हस्तियों के बारे में सोचते हैं और बस, आप केवल वही देखते हैं, जो आप देखना चाहते हैं—हिमशैल का सामनेवाला हिस्सा।

लेकिन इन सफल कहानियों के पीछे प्रयास हैं; अवसर खोजे गए हैं; जोखिम उठाए गए हैं और सकारात्मक गतिशीलता ही ऐसे परिणाम लाती है। केवल पैसा यह सब नहीं कर सकता।

आपको सलाहकारों, गुरुजन और सफल लोगों से सीखना चाहिए, लेकिन उनकी अधीनता कभी स्वीकार नहीं करनी चाहिए, क्योंकि आपके स्वयं के पास अतुलनीय धन का भंडार मौजूद है। उनकी सलाह आपकी छाती (हिम्मत) खोलने का काम करती है, जिसमें वे सभी संसाधन बंद हैं।

आपको यथार्थवादी रहना चाहिए। बाधाओं से बचकर निकलने की कोशिश नहीं करनी चाहिए। कोई त्वरित उपाय नहीं है। आपको काम करना, प्रयास करना, बाधाओं का सामना करना पड़ता है। क्या आप उन्हें अधिक आसानी से दूर करना चाहते हैं? तो अभ्यास ही आपकी मदद करेगा। अपने काम को सटीकता से, अभ्यासपूर्वक करते रहें। सच्ची विशेषज्ञता विकसित करने की इच्छा और कुछ और नहीं।

'पूर्ण सफलता' का रहस्य यह समझना है कि असफलता में भी भला है। वह मार्ग स्वयं संतोषजनक, समृद्ध, सुखद है और एक बार जब आप अपने जीवन को इस नजरिए से देखते हैं तो समाधान तुरंत अधिक स्पष्ट लगते हैं!

□

17

आलोचना से डरना मना

दुनिया में प्रत्येक व्यक्ति अपने चुने हुए क्षेत्र में विशेषज्ञ हो सकता है, अपनी सेवाएँ प्रदान कर सकता है, उनसे लाभ उठा सकता है और अपनी व्यावसायिकता के लिए पहचाना जा सकता है। यह लगभग एक वास्तविकता है। तो क्या चीज छूट रही है? सहानुभूति। दूसरों की सफलता हमेशा संतोषजनक नहीं होती, क्योंकि हम उससे ईर्ष्या करते हैं।

दूसरों की नजरें हमेशा आप पर लगी होती हैं। चाहे आप इसे चाहते हों या नहीं। तो सवाल यह है कि क्या हम वास्तव में आलोचना किए बिना सफलता प्राप्त कर सकते हैं? हमारे समाज में यह एक निर्विवाद सत्य है कि हर किसी को खुश रखना असंभव है। कभी-न-कभी आपकी आलोचना की जाएगी और जब आप सामाजिक सीढ़ी पर चढ़ते हैं तो यह और भी सच है।

याद रखें, जो लोग आपकी आलोचना करते हैं, वे भी अन्याय में रहते हैं। यह इस ग्रह पर सिर्फ आपके साथ ही नहीं, हर किसी के साथ होता है। सबसे महत्त्वपूर्ण बात यह है कि निष्पक्ष रहना चाहिए, ईमानदार रहना चाहिए, आपको और उन सभी को, जो आपकी सफलता से निकट एवं दूर से जुड़े हुए होते हैं।

आलोचना से बचना असंभव है, लेकिन आवश्यक बात है, इसके प्रति जागरूक रहना और सबसे संवेदनशील बिंदुओं पर चिंतन करना।

विनम्र रहे : हमेशा सीखें

ठहराव आपके साथ होनेवाली सबसे बुरी चीज हो सकती है। इससे

आपको अपने उद्देश्यों तक पहुँचना कठिन हो जाता है, भले ही आप और बेहतर कर सकते हैं तथा यह सबके साथ हो सकता है, मेरे साथ भी और आपके साथ भी। हम विकासवादी प्राणी हैं। सतत सीखते रहते हैं। चुनौती हमेशा मौजूद होती हैं। कुछ हमेशा हमारे इंतजार में होती हैं और आगे बढ़ने के लिए हमेशा सबक लेते रहना होता है।

सफलता दिलानेवाले सबक और सुझावों को ग्रहण करने में हमेशा आगे रहें। विनम्र रहने के लिए, हर स्थिति में अपनी मानसिकता को सकारात्मक रखें और ध्यान रखें कि हमारा प्रत्येक अनुभव हमें कुछ-न-कुछ सिखाकर जाता है।

सफलता दिलानेवाले सबक और सुझावों को ग्रहण करने में हमेशा आगे रहें। विनम्र रहने के लिए, हर स्थिति में अपनी मानसिकता को सकारात्मक रखें और ध्यान रखें कि हमारा प्रत्येक अनुभव हमें कुछ–न–कुछ सिखाकर जाता है।

एक बात सदैव ध्यान में रखें, जो आज की सच्चाई है, वह कल की सच्चाई नहीं हो सकती। हर परीक्षण रचनात्मक होता है और इसलिए यदि कभी आप विफलता का सामना करते हैं, तो आपको निराश होने की जरूरत नहीं है, क्योंकि विफलता ही सफलता का मार्ग उजागर करती है; आपको प्रशिक्षित करती है; समृद्ध करती है; सुधार की युक्ति सुझाती है।

जीवन निरंतर गतिशील है। आपके द्वारा चुने गए हर विकल्प द्वारा आपका अस्तित्व बदल सकता है और नए विकल्प बनाने के अवसर हर दिन बड़ी संख्या में आते हैं। आपकी स्थिति कभी स्थिर नहीं है। यह जानकर आप अपने महत्त्वपूर्ण लक्ष्यों की प्राप्ति के लिए अपना सर्वश्रेष्ठ प्रयास कर सकते हैं।

इस दृष्टिकोण को अपनाकर आप पेशेवर ही नहीं, संबंधपरक या आध्यात्मिक, हर तरह की सफलता हासिल कर सकते हैं। इस तरह आप वास्तव में सफलता प्राप्त करेंगे, केवल सफलता!

□

18

कमजोरियों को सफलता में बदलना

सफलता का अर्थ क्या है? कमजोरियों को दूर करके निजी प्रयासों और संघर्ष से हासिल उपलब्धियाँ। जीवन में क्या मायने रखता है? अनुभव। चाहे अच्छे हों या बुरे और कठिनाइयों के बिना सफलता प्राप्त करने की सोचना, अपने अस्तित्व को नकार देना है।

याद रखना होगा कि कठिनाई में, विपदा में हम वास्तव में अपनी असली प्रकृति को प्रकट करते हैं। परीक्षा से दूर भागने पर आप मजबूत नहीं बन सकते; परीक्षा ही आपको मूल्यवान बनाती है। सम्मान अभ्यास और एक निश्चित कौशल के प्रदर्शन के माध्यम से हासिल किया जाता है।

जो लोग बिना एक उँगली हिलाए सबकुछ प्राप्त करते हैं, वे कभी उदाहरण नहीं होते, असली नेता नहीं होते। आपका पसीना ही आपका इनाम है। आप अपने आस-पास की दुनिया को कुछ देने के लिए तैयार हैं, इसका सबूत और यह साबित करने का यही एकमात्र तरीका है कि आप कौन हैं और किस लायक हैं।

जीवन में हर पल बेहतर करने की आवश्यकता है, क्योंकि प्रतियोगिता में होना अपने पड़ोसी से बेहतर होना है। आपको विफलता से नफरत करना सिखाया जाता है, लेकिन विफलता उस शिक्षक की तरह है, जो आपका जीवन बदलकर सफलता की ओर आगे बढ़ाती है। आजकल हम केवल परिणामों में रुचि रखते हैं और कुछ भी नहीं। हम बड़ी कंपनियों को देखते हैं, जो लाखों की बिक्री करती हैं और हम कहते हैं कि उनके व्यावसायिक

मॉडल को अपनाकर हम सफलता के पैटर्न को पुनः उत्पन्न कर सकते हैं, लेकिन हम कुछ बुनियादी बातें भूल जाते हैं। इन संरचनाओं के शीर्ष पर वे लोग हैं, जिन्होंने महत्त्वपूर्ण परियोजनाओं को लॉञ्च किया, जोखिम लिया और सफल होने से पहले जो अकसर असफल हो जाते थे; लेकिन उनकी सभी कमजोरियों के बावजूद इन विफलताओं ने उन्हें अपनी ताकत को उजागर करने की प्रेरणा दी। यह एक बहुत ही सकारात्मक बात है। विफलता से यह परिभाषित करना संभव हो जाता है कि किस क्षेत्र में काम करना प्राथमिकता होना चाहिए।

अपने कार्य की शुरुआत में ही आपको अपने गुणों पर पहले ध्यान देना चाहिए, उन क्षेत्रों पर, जहाँ आप उत्कृष्ट हैं और फिर थोड़ा-थोड़ा आप अपनी परियोजना में विशेषज्ञता हासिल का सकते हैं। इस प्रकार आप अपने सुविधा-क्षेत्र से बाहर निकलकर सीख सकते हैं; अपनी आँखों से अपनी कमजोरियों को देखकर उन्हें कम कर सकते हैं और नई चुनौतियों का सामना कर सकते हैं।

शीर्ष पर पहुँचना सबसे मुश्किल काम नहीं है; सबसे मुश्किल काम वहाँ टिके रहना है और विनम्रता के बिना, यह बहुत जटिल है।

समाज के विकास और निर्माण में योगदान की इच्छा के बिना; अपनी कमजोरियों को दूर करने की इच्छा के बिना हम आगे नहीं बढ़ सकते। अपनी कमजोरियों को जानना, खुद को बेहतर जानना है। अपने प्रति ईमानदार होकर हम प्रत्येक व्यक्ति के मूल्य को पहचानने में सक्षम हो सकते हैं।

असल में आप जिस भी व्यक्ति से मिलते हैं, वह निश्चित ही आपको कुछ देकर जाता है—एक नया दृष्टिकोण, एक नया सोच, तो यह जोर देकर कहा जा सकता है कि सफल होने के लिए आप अपनी कमजोरियों का उपयोग कर सकते हैं। यह कुछ है, जो आपको करना चाहिए। यह कुछ ऐसा है, जो हम सभी को करना चाहिए; क्योंकि हम केवल इनसान हैं और हम सभी की कमजोरियाँ हैं।

□

19

सफलता : भाग्य से आगे का खेल

क्या आप सफलता को भाग्य का खेल समझते हैं या यह कि इसके लिए आपको किसी की कमजोरी का लाभ उठाना होगा? जो इस तरह के तर्क पर भरोसा करते हैं, वे लोग हैं, जो अपनी क्षमता पर; अपनी ताकत में; अपने साहस पर भरोसा नहीं करते। वे बहाने खोजना पसंद करते हैं। यह सब सामान्य है। आखिर मनुष्य एक तर्कशील प्राणी है। वह सबकुछ समझना चाहता है, सब स्पष्ट करना चाहता है।

आत्मविश्वास के लिए, सफलता के लिए स्वयं को प्रशिक्षित करना होगा। अभ्यास करें। प्रयत्न करें। विफल रहें तो पुनः आरंभ करें। हम अतुल्य शक्ति के साथ पैदा नहीं हुए हैं। वह हमारे अंदर है, लेकिन उसे मुक्त करने के लिए कार्य करना होगा। उसकी अभिव्यक्ति के लिए ढाँचा तैयार करें। क्या आप वास्तव में विश्वास करते हैं कि सभी सफल व्यावसायिक कहानियाँ भाग्य का परिणाम हैं? नहीं इनके पीछे दृढता है, पीछे लगे रहना है तथा आगे बढ़ने के लिए हमेशा और अधिक काम करना है।

बदलाव को गले लगाएँ

सफल रहने का मतलब है बदलाव में सक्षम होना—यह हमारे समय के सबसे महत्त्वपूर्ण कौशल में से एक है। आखिरकार, दुनिया और इसके साथ हमारी जिंदगी पहले से कहीं ज्यादा तेजी से बदल रही है। परिवर्तन से निपटने के लिए सबसे अच्छा मॉडल प्रकृति है। क्रम विकास में सबसे मजबूत प्रजाति नहीं, बल्कि वे प्रजातियाँ, जो वर्तमान स्थितियों को अनुकूलित करने में सक्षम

हैं, आगे बढ़ती हैं। यह भविष्य के बारे में नहीं, बल्कि हमेशा वर्तमान के बारे में और आपके पास उपलब्ध अधिकांश चीजों के बारे में है, तो बदलाव में शामिल हो जाएँ और आज ही शुरू करें!

कुछ चीजें ऐसी होती हैं, जिन्हें आप नहीं बदल सकते, जैसे ग्रहों की गति, मौसम का परिवर्तन, समुद्र का ज्वार-भाटा या सूर्य का उदय व अस्त होना। आप मन में जिन विश्वासों, मान्यताओं, राय और विचारों को स्वीकार करते हैं, वे सभी आपके गहरे मन पर अपनी छाप छोड़ते हैं। कोई भी बदलनेवाला नहीं है, खुद को बदलें।

बाहरी स्थितियों को बदलने के लिए आपको कारण बदलना होगा, जबकि अधिकांश लोग परिस्थितियों के साथ काम करके उन्हें बदलने की कोशिश करते हैं। मैं यह नहीं कह सकता कि हमारे बदलने से चीजें बेहतर होंगी, जो मैं कह सकता हूँ, वह यह कि अगर उन्हें बेहतर होना है तो उन्हें बदलना ही होगा। यदि आप नजरिया बदलना चाहते हैं तो अपने व्यवहार में बदलाव के साथ प्रारंभ कीजिए। यदि आपको बदलना कठिन लगता है तो संभवत: आपके लिए सफल होना और भी कठिन होगा। यह बदलने के लिए कि आपको क्या मिलता है, आपको यह बदलना होगा कि आप कौन हैं।

बदलाव का खुशी और आनंद से स्वागत किया जाना चाहिए, क्योंकि मानव जीवन प्रत्येक चरण आगे बढ़ने का नाम है, जिसका अंत नहीं है। वे सबसे दुःखी लोग होते हैं, जो बदलाव से सबसे अधिक डरते हैं। सभी बदलाव, वे भी, जिन्हें हम बहुत चाहते हैं, उनके अपने दुःख हैं, क्योंकि हम जो कुछ भी पीछे छोड़ते हैं, वह हमारा ही हिस्सा होता है। हमें किसी दूसरी जिंदगी में दाखिल होने के लिए पहली को खत्म करना ही होता है।

बदलाव का खुशी और आनंद से स्वागत किया जाना चाहिए, क्योंकि मानव जीवन प्रत्येक चरण आगे बढ़ने का नाम है, जिसका अंत नहीं है। वे सबसे दुःखी लोग होते हैं, जो बदलाव से सबसे अधिक डरते हैं। सभी बदलाव, वे भी, जिन्हें हम

बहुत चाहते हैं, उनके अपने दु:ख हैं, क्योंकि हम जो कुछ भी पीछे छोड़ते हैं, वह हमारा ही हिस्सा होता है। हमें किसी दूसरी जिंदगी में दाखिल होने के लिए पहली को खत्म करना ही होता है।

पसंदीदा करें

आपको किससे खुशी मिलती है, आपका दिल क्या चाहता है ? विचारों में अपने सर्वोत्तम क्षणों को ताजा करें और विश्लेषण करें कि उन क्षणों में किस विचार ने आपको सबसे अधिक प्रभावित किया। इस विचार का उपयोग करें, इसे विकसित करें। जीवन के लिए वह दिशा नियत न करें, जिसमें आप फिसलन अनुभव करते हैं। अपने अंदर की आग को भड़काए रखें, क्योंकि आप सफलतापूर्वक जीना चाहते हैं। सफल जीवन से आप जो अपेक्षा करते हैं, उसके लिए आप अकेले जिम्मेदार हैं।

अपने लक्ष्यों की जाँच करें

क्या आप वर्तमान में अपने लक्ष्य का पीछा कर रहे हैं ? निश्चित रूप से आप कहेंगे 'हाँ', लेकिन अकसर इसे सावधानी से जाँचना फायदेमंद होता है, क्योंकि सामाजिक मानदंड और दूसरों की अपेक्षाएँ लगातार हमारी व्यक्तिगत मार्ग-योजना में अवचेतन पर छेड़छाड़ कर रही हैं। यह जानने के लिए कि आप वास्तव में क्या चाहते हैं, अपने खुद के लक्ष्यों पर सफलतापूर्वक डटे रहना, थोड़ी देर के लिए सामाजिक उत्तेजना को छिपाने में मददगार होता है। उदाहरण के लिए पहाड़ों में, मठ में या जंगल प्रवास में।

यदि आपके पास कोई परिणामी लक्ष्य है, तो इससे ठोस लक्ष्यों को प्राप्त करना महत्त्वपूर्ण होगा, तो अपने आप से सवाल पूछें—मुझे अपना लक्ष्य प्राप्त करने के लिए क्या करना है और मुझे इसे कैसे करना चाहिए? और उसके बाद उन सभी लक्ष्यों को प्राप्त करने पर अपना ध्यान केंद्रित करें।

अगले चरण पर ध्यान केंद्रण

यदि आपके पास कोई परिणामी

लक्ष्य है, तो इससे ठोस लक्ष्यों को प्राप्त करना महत्त्वपूर्ण होगा, तो अपने आप से सवाल पूछें—मुझे अपना लक्ष्य प्राप्त करने के लिए क्या करना है और मुझे इसे कैसे करना चाहिए? और उसके बाद उन सभी लक्ष्यों को प्राप्त करने पर अपना ध्यान केंद्रित करें। इसके पीछे विचार—जब आप लक्ष्यों तक पहुँचने के लिए प्रयास करते हैं, तो अपना लक्ष्य प्राप्त करने के लिए आप जो कुछ भी कर सकते हैं, वह करते हैं। इस प्रकार लक्ष्यों पर ध्यान केंद्रित करके आप मूल्यवान क्षमताओं को विकसित करते हैं और इस तरह आप सफलतापूर्वक अपने लक्ष्य के एक कदम करीब आ जाते हैं।

लक्ष्य संधान

लक्ष्य एवं कठोर संकल्प के बिना जीवन खेल से बढ़कर नहीं। नित नए मंतव्य बनाते भी गए, तो भी कुछ सिद्ध नहीं होगा। दो खरगोशों के पीछे दौडने से एक भी हाथ नहीं आता। स्मरण रखिए जब हम बहुत सारे मंतव्यों के साथ किसी कार्य को करना शुरू करते हैं तो उसके परिणाम विचलित अवस्था में ही प्राप्त होंगे। यदि हम उन व्यक्तियों के जीवन पर नजर डालें, जो कामयाबी की एक मिसाल बने हैं, तो यह बात स्वत: ही स्पष्ट हो जाती है कि उन्होंने अपने जीवन का एक लक्ष्य निर्धारित किया और फिर उसके बाद अपना समूचा शारीरिक और मानसिक बल उसी एक लक्ष्य की प्राप्ति के लिए लगा दिया।

वस्तुतः ईश्वर ने जो भी शक्ति और सामर्थ्य हमें प्रदान किए हैं, हमें उनका समुचित उपयोग करने की कला को विकसित करना चाहिए। ध्यान रखिए, जिसके जीवन का कोई लक्ष्य नहीं, उसकी जीवन यात्रा एक बीहड़ जंगल में भटकाव के समान है। संसार में उपलब्ध बहुत से उदाहरणों को ध्यान से देखने पर विदित होता है कि एक ही लक्ष्य की ओर अपने मन, वचन और शरीर को समर्पित कर देने से संसार की बड़ी-से-बड़ी सफलताएँ उपलब्ध होती हुई दीख पड़ती हैं।

संलग्नता के बिना सफलता नहीं मिलती। हम जो कार्य करना चाहते हैं, उसके लिए निश्चित मार्ग तय करना आवश्यक है। लक्ष्यहीन ढंग से किए जानेवाले प्रयास बिल्कुल बेकार बैठने जैसा है। जो व्यक्ति अपने लक्ष्य पर

सावधानी के साथ विचार करता है तथा उसे पूरी तन्मयता के साथ पूरा करने के लिए दिशा में चल पड़ता है, उसे उस मार्ग की दुविधाएँ स्वतः ही रास्ता देने लगती हैं।

संलग्नता के बिना सफलता नहीं मिलती। हम जो कार्य करना चाहते हैं, उसके लिए निश्चित मार्ग तय करना आवश्यक है। लक्ष्यहीन ढंग से किए जानेवाले प्रयास बिल्कुल बेकार बैठने जैसा है। जो व्यक्ति अपने लक्ष्य पर सावधानी के साथ विचार करता है तथा उसे पूरी तन्मयता के साथ पूरा करने के लिए दिशा में चल पड़ता है, उसे उस मार्ग की दुविधाएँ स्वतः ही रास्ता देने लगती हैं।

जब हम निश्चित और निर्धारित ढंग से किसी कार्य को करने के लिए तत्पर होते हैं तो स्वाभाविक ढंग से हमारी प्रतिभा का विकास होता है। प्रतिभा और एकाग्रता भिन्न नहीं हैं, एक ही हैं। सफलता अर्जित करने के लिए व्यक्ति को अपनी समस्त शक्तियों को निश्चित संकल्प को पूरा करने के लिए झोंक देना चाहिए। हमारे जीवन में विभिन्न तरह के मनोहार और ललचानेवाले कार्य और व्यवहार हमें दिखाई देते हैं। बहुत बार हमारा मन उनसे ऐसा डाँवाँडोल हो जाता है कि कभी हम एक काम को छोड़ दूसरे को, फिर किसी तीसरे को करने लग जाते हैं। उसका परिणाम यह होता है कि मुख्य लक्ष्य हाथ से निकल जाता है।

एक लक्ष्य को निश्चित कर उसकी पूर्ति के लिए पूरे जी-जान से हम तभी जुट सकते हैं, जब अन्य प्रलोभनों की ओर से ध्यान हटा लें। जो व्यक्ति एक ही कार्य को अपना जीवन संकल्प बनाकर कार्य करता है, उसकी संपूर्ण विजय होती है। किसी उद्‌देश्य विशेष पर अपनी समस्त शक्तियों को केंद्रित करने से उस कार्य की सिद्धि हेतु किए जानेवाले समस्त साधन ज्ञात हो जाते हैं। जो त्रुटियाँ सिद्धि में बाधा डालती हैं, उनका भी धीरे-धीरे आभास हो जाता है, जिससे उनसे पार पाना आसान होता है। इसके ठीक विपरीत जब हम किसी उद्‌देश्य पर पूरी तरह केंद्रित न होकर अपनी शक्ति को इधर-उधर

विकेंद्रित करते रहते हैं तो हमें उस कार्य की बारीकियों का भान नहीं हो पाता। हम पहले कार्य की गलतियों या त्रुटियों का ठीक से समाधान खोज भी नहीं पाते हैं तथा दूसरा कार्य प्रारंभ कर देते हैं। इसके नतीजे कभी संतोषप्रद अथवा प्रशंसनीय नहीं होते। ध्यान रखिए आधे-अधूरे मन से किए गए कार्यों के परिणाम भी निश्चित ही आधे-अधूरे होते हैं।

पर्याप्त समय लें

खुशी पाने और सफल जीवन के लिए कोई तय दिशा-निर्देश नहीं हैं, क्योंकि हम लगातार त्वरित, प्रभावी समाधान के लिए प्रयास करते हैं, आखिरकार हर व्यक्ति इतना व्यक्तिगत और अप्रत्याशित है कि वह केवल अपने लिए ही टिकाऊ समाधान विकसित कर सकता है।

खुशी पाने और सफल जीवन के लिए कोई तय दिशा-निर्देश नहीं हैं, क्योंकि हम लगातार त्वरित, प्रभावी समाधान के लिए प्रयास करते हैं, आखिरकार हर व्यक्ति इतना व्यक्तिगत और अप्रत्याशित है कि वह केवल अपने लिए ही टिकाऊ समाधान विकसित कर सकता है। बाहर से आवेग मूल्यवान हो सकते हैं, लेकिन खुद का काम किसी और को नहीं सौंपा जा सकता है। इसमें बहुत समय लगता है। हमें पर्याप्त समय लेना चाहिए, क्योंकि यह हमारी जीवनी-शक्ति के लिए सबसे अच्छा निवेश है। निरंतर परीक्षण, विश्लेषण और समायोजन के बिना, हम आगे नहीं बढ़ेंगे।

छोटी बातों की सराहना

हम बड़ी बातों को अकसर महत्त्व देते हैं और सदैव कुछ असाधारण होने की प्रतीक्षा करते हैं और खुद को इसी तरह की परिस्थितियों में बढ़ने के लिए ढाल लेते हैं; लेकिन ईमानदारी से कहें तो, इस प्रकार हम केवल बड़े पैमाने पर तैयार होने की प्रतीक्षा करेंगे, जबकि हमने अपने कौशल को एक छोटे पैमाने पर विकसित किया है। जो लोग आपसे अकसर मिलते हैं, उनके

साथ मेलजोल बढ़ाएँ, उन लोगों से नहीं, जिनसे आप कभी-कभी मिलते हों। एक ऐसा दृष्टिकोण विकसित करें, जो आपके द्वारा किए गए सभी कार्यों में दिखता हो।

अंतर्मन की आवाज सुनें

सफलता और खुशी के साथ सफल जीवन पाने के लिए हममें से प्रत्येक के पास शक्ति का अविश्वसनीय जलाशय है, जिसका हम शायद ही कभी उपयोग करते हैं—सहज ज्ञान और सहज बोध। मानव विकास के हजारों वर्षों का अनुभव इसमें निहित है। ये सभी अनुभव लगातार हमारी सहायता करते हैं—दिमाग की तुलना में बहुत तेज और अधिक विश्वसनीय गति के साथ। अपने सहज ज्ञान में विश्वास करें! उसके साथ जुड़े रहने के लिए, विशेष रूप से ग्रहणशील धारणाओं (अनुभव, सुगंध, स्वाद, देखना, सुनना) को प्रशिक्षित करने की सलाह दी जाती है।

> ***सफलता और खुशी के साथ सफल जीवन पाने के लिए हममें से प्रत्येक के पास शक्ति का अविश्वसनीय जलाशय है, जिसका हम शायद ही कभी उपयोग करते हैं–सहज ज्ञान और सहज बोध। मानव विकास के हजारों वर्षों का अनुभव इसमें निहित है। ये सभी अनुभव लगातार हमारी सहायता करते हैं–दिमाग की तुलना में बहुत तेज और अधिक विश्वसनीय गति के साथ।***

साहसी निर्णय लें

अंतहीन संभावनाओं की दुनिया में विचार हर निर्णय के साथ चलता है। हम अकसर सोचते है: क्या होता यदि बेहतर विकल्प रहा हो? हाँ, शायद किसी दिन आपको पता चले कि एक और निर्णय आपको तेजी से लक्ष्य की ओर ले जाएगा, लेकिन आज आपको यह पूर्वदर्शी विचार नहीं मिला है। आज आप अपने वर्तमान ज्ञान और विश्वास से मौजूदा सर्वोत्तम निर्णय लेते हैं, क्योंकि आपको लगता है कि अभी के लिए वही सही है। आप उससे ज्यादा कुछ नहीं कर सकते और साहसी के रूप में आपको आज ही अपना निर्णय

ले लेना चाहिए; बाद में जब आपको कोई नया विचार प्राप्त हो तो कल उसे संशोधित कर सकते हैं। तब यह असंगतता नहीं, बुद्धिमानी होगी।

गतिशीलता

गतिशीलता मानव-प्रणाली का एक केंद्रीय तत्त्व है—यह गतिशीलता चाहे वैचारिक हो अथवा शारीरिक। अगर हम गतिहीन हों, तो हमारी प्रणाली बहुत खराब हो जाती है, इसलिए गतिशीलता की खुशी वापस प्राप्त करें। क्या आपको याद है, जब आप बच्चे थे तो क्या करते थे? आज की तुलना में आप शायद अधिक गतिशील थे, क्योंकि तब सबकुछ बहुत मजेदार और बहुत रोमांचक था, अपने आसपास के पर्यावरण की खोज-बीन करना और अपनी कार्य-क्षमता को जाँचना। कुछ नया आजमाएँ, अधिक चंचल हो जाएँ और बचपन वापस महसूस करें!

□

20

सबसे अच्छा समाधान

सफल लोगों के लिए एक सूत्र है—वे जानते हैं कि वे पाँच लोगों के बराबर एक हैं, जिनके साथ वे अपना अधिकांश समय बिताते हैं। इस प्रकार, कोई भी व्यक्ति अपने परिवेश को प्रोत्साहित कर सकता है, लोगों से निपट सकता है, अपनी रचनात्मकता और सफलता को बढ़ा सकता है। जो कोई भी अपने जीवन में एक बिंदु पर असहज महसूस करता है, उसे खुद को देखने के अलावा, अपने परिवेश का विश्लेषण भी करना चाहिए।

जीवन हमेशा योजनाबद्ध नहीं है। ज्यादातर समय यह आपके विचारों से भी अलग है तो क्या? कोई फर्क नहीं पड़ता कि क्या होता है। हर किसी की तरह, आपके पास भी दिन में 24 घंटे हैं या तो झगड़ा करने में बिताएँ या आगे बढ़ने में। सफलता के इच्छुक लोग चलना शुरू करते हैं और सोचते हैं कि सबसे अच्छा समाधान क्या है, फिर इसे कार्यान्वित करते हैं।

सबकुछ आपके दिमाग से शुरू होता है। यदि आप सकारात्मक होकर चाहेंगे तो सफलता अवश्य मिलेगी। यदि आपको लगता है कि आप कर सकते हैं, तो आप करेंगे। आपका लक्ष्य बैंक प्रबंधक बनना है या कैफे खोलना है? यदि आप इस लक्ष्य को प्राप्त कर लेते हैं, तो क्या आप अपना सपना सच कर लेंगे? आपको परिभाषित करना होगा कि आपके सफलता के मायने क्या है ताकि आप उसके प्रति काम कर सकें।

जीवन में सफल होना आपका हक नहीं है। सफल होने के बारे में जानने के लिए, आपको यह जानना होगा कि कड़ी मेहनत का मतलब यह नहीं है कि आप सफल होंगे। यह प्रबल धारणा है कि यदि आप कड़ी मेहनत करते

हैं तो आप सफलता पा सकते हैं, बल्कि इसे इस तरह समझें कि अगर आप कड़ी मेहनत करते हैं तो आपके लिए सफलता का दरवाजा खुल जाएगा।

अपने पसीने का आनंद उठाइए, क्योंकि कठिन परिश्रम सफलता की गारंटी नहीं देता, पर उसके बिना कोई चांस भी नहीं है। ध्यान केंद्रित कर कठिन परिश्रम करना ही सफलता की असली चाबी है। संपूर्ण जीवन संघर्ष की माँग करता है। जिन्हें सबकुछ बैठे-बैठे मिल जाता है, वे आलसी, स्वार्थी और जीवन के वास्तविक मूल्यों के प्रति असंवेदनशील हो जाते हैं। अथक प्रयास और कठिन परिश्रम, जिससे हम बचने की कोशिश करते हैं, दरअसल वही, हम आज जो व्यक्ति हैं, उसका प्रमुख निर्माण खंड है। दुनिया की सभी समस्याएँ आसानी से सुलझाई जा सकती हैं, अगर बस इनसान सोचने को तैयार होता। दिक्कत यह है कि अकसर इनसान सोचना न पड़े, इसके लिए हर तरह की कोशिश करता है, क्योंकि सोचना इतना कठिन काम है, क्योंकि आप जानते हैं कि अगर आप आनंद उठा रहे हैं तो काम कभी कठिन परिश्रम नहीं लगता।

> ***दुनिया की सभी समस्याएँ आसानी से सुलझाई जा सकती हैं, अगर बस इनसान सोचने को तैयार होता। दिक्कत यह है कि अकसर इनसान सोचना न पड़े, इसके लिए हर तरह की कोशिश करता है, क्योंकि सोचना इतना कठिन काम है, क्योंकि आप जानते हैं कि अगर आप आनंद उठा रहे हैं तो काम कभी कठिन परिश्रम नहीं लगता।***

हमेशा स्वयं के संशोधन, सुधार पर काम करते रहें। अपने लक्ष्य को याद रखें और उस पर काम करना जारी रखना चाहिए। किसी ने भी नहीं कहा है कि आपका लक्ष्य हासिल नहीं किया जा सकता है, लेकिन अगर आप इसे हासिल करना चाहते हैं, तो आपको एक व्यक्ति के रूप में विकसित होना होगा, तो अपने आप को और उन क्षेत्रों को देखने के लिए समय निकालें, जहाँ आपको काम करने और आगे बढ़ने की जरूरत है।

हर दिन के लिए एक लक्ष्य निर्धारित करें ताकि आप अनुशासित रहें और जो आपके लिए महत्त्वपूर्ण भी है।

सकारात्मक दृष्टि

निश्चित रूप से, जीवन कठिनाइयों से भरा है, लेकिन ऐसे कई क्षण हैं, जो सकारात्मक हैं और जीवन और प्रेम से भरे हुए हैं। यदि आपका जीवन के प्रति सकारात्मक दृष्टिकोण है, तो आप आसानी से अपने जीवन की बाधाओं से दूर हो जाएँगे। वास्तव में आप कुछ अच्छा पाने के साथ उत्कृष्टता प्राप्त करने में सक्षम होंगे।

कल कभी नहीं आता

अभी शुरू करें। सोमवार तक या गरमी खत्म होने तक प्रतीक्षा न करें। अभी शुरू करें। जो भी आपका लक्ष्य है, उसे लिखें और उस पर योजना बनाना शुरू करें। जीवन वास्तव में बहुत छोटा है। विलंब स्कूल-वर्क के लिए काम कर सकता है, लेकिन जब आपके जीवन की योजना बनाने की बात आती है तो 80 वर्ष की उम्र भी बातों में ही निकल जाती है और जब आप जागते हैं तो पूछेंगे कि समय कहाँ चला गया?

अतीत और भविष्य ऐसी चीजें हैं, जो हमारी कल्पना और स्मृति से उत्पन्न होती हैं। याद रखें, अपराध की भावना अतीत को नहीं बदल सकती, डर भविष्य को नहीं बदल सकता और सफल लोग केवल वर्तमान में जीने का प्रबंध करते हैं; वर्तमान पर फोकस के माध्यम से सारी ऊर्जा खरचते हैं। जो भी अतीत या भविष्य में दिमाग खपाता है, वह कभी अपनी क्षमताओं को विकसित करने में सक्षम नहीं होता।

अतीत और भविष्य

अतीत और भविष्य ऐसी चीजें हैं, जो हमारी कल्पना और स्मृति से उत्पन्न होती हैं। याद रखें, अपराध की भावना अतीत को नहीं बदल सकती, डर भविष्य को नहीं बदल सकता और सफल लोग केवल वर्तमान में जीने

का प्रबंध करते हैं; वर्तमान पर फोकस के माध्यम से सारी ऊर्जा खरचते हैं। जो भी अतीत या भविष्य में दिमाग खपाता है, वह कभी अपनी क्षमताओं को विकसित करने में सक्षम नहीं होता।

अतीत और भविष्य से निपटने के लिए दो काम करें

सबसे पहले अतीत को कुरेदना बंद कर दें अन्यथा आपका भविष्य वैसा ही बनने लगेगा, जैसा आपका अतीत होगा। सफल लोग अतीत की ओर देखते अवश्य हैं, लेकिन वे वहाँ से सकारात्मक बातें ग्रहण करते हैं।

जैसे-जैसे हम अपनी दिनचर्या, आदतों, विश्वास पर नियंत्रण खोते हैं, चीजों पर हमारा दृष्टिकोण दृढ होना शुरू होता जाता है और हम अपने सुविधा-क्षेत्र को छोड़ने में डरने लगते हैं। आप समय-समय पर अपने जीवन पर पुनर्विचार करके पुरानी दिनचर्या को तोड़कर या पिछले निर्णयों को संशोधित करके इस तरह के डर से बच सकते हैं, जब आपको लगता हो कि यह जरूरी है।

दूसरा, भविष्य की अनिश्चितता को स्वीकार करें और खुद को अटूट लक्ष्यों के बोझ तले दबने से बचाएँ। चिंताओं के बोझ तले दबकर आप प्रगति नहीं कर सकते। इससे आपकी सारी सकारात्मक ऊर्जा बहकर रिक्त हो जाती है।

सफल होने के लिए आपको अपने नियंत्रण से परे की चीजों से खुद से दूर करना सीख लेना चाहिए। यह उनकी ओर से आँखें मूँद लेने के बारे में नहीं है, यह उन पर ध्यान केंद्रित करने के बारे में है और वास्तव में यह केवल आप ही कर सकते हैं और अपने आप को आकार दे सकते हैं। यदि आप जीवन में अच्छी चीजों के बारे में जागरूकता विकसित करते हैं, तो फिर स्वत: उनका निर्माण आपके भीतर होने लगता है और दिन-दिन आप अपने जीवन को सुंदर बना सकते हैं। वह प्रेरित करता है, न केवल नौकरी में, बल्कि सब ओर।

दिनचर्या में बदलाव

हमारी दिनचर्या, आदतें और विश्वास हमारे लिए जीवन को आसान बनाते हैं, क्योंकि वे स्वचालन लाते हैं, लेकिन वे हमें अपने जीवन में लगभग कैदी जैसा बना सकते हैं। जैसे-जैसे हम अपनी दिनचर्या, आदतों, विश्वास पर नियंत्रण खोते हैं, चीजों पर हमारा दृष्टिकोण दृढ होना शुरू होता जाता है और हम अपने सुविधा-क्षेत्र को छोड़ने में डरने लगते हैं। आप समय-समय पर अपने जीवन पर पुनर्विचार करके पुरानी दिनचर्या को तोड़कर या पिछले निर्णयों को संशोधित करके इस तरह के डर से बच सकते हैं, जब आपको लगता हो कि यह जरूरी है।

जुनून को पेशे में बदलना

हमारे मन में शुरुआत से ही यह भर दिया जाता है कि जिस काम को हम करना चाहते हैं, उसे करना बहुत मुश्किल है, लगभग असंभव है। इसका परिणाम ऐसे लोगों से भरा समाज है, जो सोमवार सुबह को खटास से भर जाता है, क्योंकि वे अपनी नौकरी से नफरत करते हैं। अपनी मान्यताओं की सीमा में बँधकर पैसे के दास न बनें और कोई ऐसा काम न करें, जो आपको बिल्कुल पसंद न हो। जीवन जीने का एक तरीका खोजें, जहाँ आप जो भी मनपसंद हो, वह कर सकते हो!

पल का आनंद

बहुत से लोग खुद को अनंत दुःख और दर्द में दबोचे रखते हैं, क्योंकि वे या तो भविष्य में रहते हैं और इससे डरते हैं या क्योंकि वे हमेशा अपने विचारों, अफसोस या शोक की बातों के साथ अतीत में जीते रहते हैं। इसकी बजाय, वर्तमान में जीना सीखें और इस पल का आनंद लें। केवल तभी आप वास्तव में खुश रह सकते हैं! विश्वास करना सीखें कि सबकुछ सही है!

व्यक्तिगत रूप से बढ़ना

आपका जीवन आपके व्यक्तित्व का एक आदर्श प्रतिबिंब है। एक

अविकसित व्यक्तित्व का मतलब अविकसित, दर्दनाक और दु:खी जीवन है, साथ ही, व्यक्तित्व विकास आपके सुविधा-क्षेत्र, आसान और परिचित से बाहर शुरू होता है। इसलिए उन चीजों से शुरुआत करें, जो अजीब, अप्रिय और दर्दनाक लगती हों। ये मुश्किलें हैं, लेकिन ये आपको खुश करती हैं!

अपनी आदतों के मालिक बनें

क्या आपकी सभी आदतें लक्ष्य प्राप्ति में वास्तव में आपकी सहायक हैं? जवाब में कहा जा सकता है कि नहीं, कुछ ही आदतें सहयोगी होती हैं! तो जानें कि हमारी आदतें कैसे काम करती हैं, नई और स्वस्थ आदतों को कैसे आकार दें और पुरानी और नकारात्मक आदतों को कैसे तोड़ें। अपने जीवन के स्वामी बनने के लिए अपनी आदतों और दिनचर्या को नियंत्रित करना सीखें।

हमारी आदतें हमारे लक्ष्यों को आकार देती हैं। तार्किक है! यदि आप बार-बार ऐसा करते हैं, तो हमेशा वही परिणाम बार-बार प्राप्त करेंगे। सवाल यह है—क्या आपकी सभी आदतें लक्ष्य प्राप्ति में वास्तव में आपकी सहायक हैं? जवाब में कहा जा सकता है कि नहीं, कुछ ही आदतें सहयोगी होती हैं! तो जानें कि हमारी आदतें कैसे काम करती हैं, नई और स्वस्थ आदतों को कैसे आकार दें और पुरानी और नकारात्मक आदतों को कैसे तोड़ें। अपने जीवन के स्वामी बनने के लिए अपनी आदतों और दिनचर्या को नियंत्रित करना सीखें।

नियम और दिशानिर्देश निर्धारित करें

यह थोड़ा बेतुका है, लेकिन सच्ची स्वतंत्रता और आजाद जीवन का आनंद लेने के लिए, आपको अपने आप पर कुछ प्रतिबंध लगाना सीखना होगा। आपको उन नियमों और दिशानिर्देशों को स्थापित करना सीखना चाहिए, जो केवल आपके लिए हैं और जो आपके लक्ष्यों के करीब आने के उद्देश्य से कार्य करते हैं। ऐसा करने के दौरान लक्ष्यों को प्राप्त करने तथा स्वतंत्र और खुश महसूस करने के लिए, कभी-कभी ऐसे नियमों और

दिशानिर्देशों की आवश्यकता होती है। ये ही वे नियम हैं, जो हमें अपने लक्ष्यों की ओर बाँधे रखते हैं।

सफलता और खुशी का अध्ययन

हमारे विश्वविद्यालयों में अनगिनत डिग्री प्रोग्राम हैं, जो आपको जीविकोपार्जन के गुर सिखाएँगे, लेकिन मैंने कभी 'सफलता और भाग्य विज्ञान का अध्ययन करने के बारे में नहीं सुना है। मैं यहाँ जो बात कर रहा हूँ, वह निश्चित रूप से आजीवन आत्म-अध्ययन है, जिसका निष्कर्ष मेरे विचार में, सभी पुरस्कारों में से सबसे ज्यादा है : एक सफल और खुशहाल जीवन, तो यह जानने व समझने के लिए सफलता और खुशी का अध्ययन करना शुरू करें कि आप भी सफल एवं खुश कैसे हो सकते हैं।

एक ही समय में अनेक कार्यों पर केंद्रित होना बंद करें। इससे आपकी मूल्यवान ऊर्जा बरबाद होती है। उस कार्य को ढूँढ़ें, जो आपकी क्षमताओं के अनुरूप हो और उस पर ध्यान केंद्रित करें। इस कार्य में जितना संभव हो सके, अपनी क्षमता विकसित करने की कोशिश करें। कहा जाता है कि किसी क्षेत्र में एक सच्चे विशेषज्ञ बनने में कम-से-कम 10,000 घंटे लगते हैं।

सच्चे विशेषज्ञ बनें

मुझे पता है कि आप बहुमुखी प्रतिभाशाली हैं, लेकिन विश्वास करें, हमेशा एक चीज चुनना बेहतर होता है और फिर उस पर ध्यान केंद्रित करना बेहतर होता है। एक ही समय में अनेक कार्यों पर केंद्रित होना बंद करें। इससे आपकी मूल्यवान ऊर्जा बरबाद होती है। उस कार्य को ढूँढ़ें, जो आपकी क्षमताओं के अनुरूप हो और उस पर ध्यान केंद्रित करें। इस कार्य में जितना संभव हो सके, अपनी क्षमता विकसित करने की कोशिश करें। कहा जाता है कि किसी क्षेत्र में एक सच्चे विशेषज्ञ बनने में कम-से-कम 10,000 घंटे लगते हैं।

आशावादी बनें, निराशावादी नहीं

अगर हमारे पास स्वतंत्र विकल्प है कि हम चीजों को आशावादी या निराशावादी, कैसे देखना चाहते हैं; तो फिर निराशाजनक निराशावादी के रूप में क्यों चयन किया जाए? कोई भी निराशावाद से पीड़ित नहीं होना चाहता, किसी निराशावादी को छोड़कर।

आदर्शवादी बनें, यथार्थवादी नहीं

"मैं नकारात्मक नहीं हूँ, मैं चीजों को बस वास्तविकता से देखता हूँ।" यह सुना है या कभी खुद आपने कहा है? बेशक, यह आपकी आँखें खुली रखने में मदद करता है, लेकिन क्या यह 'यथार्थवाद' वास्तव में आपको कहीं पहुँचाता है? मेरे अनुभव में, यथार्थवादी ऐसे लोग होते हैं, जिनका स्वयं पर कोई भरोसा नहीं होता और वे निराशावाद में फिसलकर बहुत खुश होते हैं। दूसरी ओर, आदर्शवादी, सपनों, लक्ष्यों और दृष्टिकोण वाले लोग होते हैं। फैसला आपको करना है।

जो कहते हैं, उस पर ध्यान दें (निंदा करना बंद करें)

मैं शर्त लगाता हूँ कि आप अपने परिवेश में कुछ ऐसे लोगों को जानते हैं, जो लगातार सबकुछ और हर किसी के बारे में शिकायत करते हैं, जो लगातार निंदा करते हैं। अपने मालिक के बारे में, आज सुबह बसों, मेट्रो में मिले अजनबियों के बारे में या यहाँ तक कि अपने दोस्तों और अपने साथी के बारे में भी। इसे आकर्षण का कानून, कर्म या जो भी आप मानना चाहें; नकारात्मकता और भी नकारात्मकता की ओर ले जाती है, तो अब देखें और अपने शब्दों के माध्यम से नकारात्मकता फैलाने का प्रयास करते समय खुद को पकड़ें और यदि आप ऐसा करते हैं तो खुद से पूछें—आप वास्तव में किसका नुकसान करते हैं?

अच्छी किताबें पढ़ें

किताबें—ये आयताकार चीजें हैं, जिन पर आमतौर पर एक कवर होता

है और बहुत सारे पेज होते हैं। चाहे आप उत्कृष्ट पुस्तक या उसका इलेक्ट्रॉनिक संस्करण पसंद करते हैं, उसे नियमित रूप से पढ़ने की आदत बनाएँ। ध्यान दें—कोई उपन्यास, थ्रिलर या टैब्लॉइड नहीं! मैं ऐसी सामग्री के बारे में बात कर रहा हूँ, जो आपको बौद्धिक रूप से चुनौती देती है, जो नए विचारों और मस्तिष्कीय कोशिकाओं को बनाती है और जो आपको व्यक्तिगत रूप से बढ़ने देती है।

किताबें—ये आयताकार चीजें हैं, जिन पर आमतौर पर एक कवर होता है और बहुत सारे पेज होते हैं। चाहे आप उत्कृष्ट पुस्तक या उसका इलेक्ट्रॉनिक संस्करण पसंद करते हैं, उसे नियमित रूप से पढ़ने की आदत बनाएँ। ध्यान दें—कोई उपन्यास, थ्रिलर या टैब्लॉइड नहीं!

दूसरे क्या सोचते हैं, परवाह न करें

दूसरे आपके बारे में क्या सोचते हैं, पीठ पीछे आपके बारे में क्या बात करते हैं, परवाह न करें! जब वे आपके सपने और लक्ष्यों के बारे में सुनकर मुसकराते हैं या यहाँ तक कि हँसी उड़ाते हैं तो इसकी परवाह न करें! आप दूसरों की उम्मीदों और अपेक्षाओं को पूरा करने के लिए पैदा नहीं हुए हैं। आप अपने जीवन का नेतृत्व करने के लिए पैदा हुए हैं! तो इसे जिस तरह से आप करना चाहते हैं, वैसे ही करें; इस बात की चिंता किए बगैर कि क्या दूसरे इससे खुश होंगे। जो लोग इसके लायक हैं, उन्हें यह पसंद आएगा! बाकी की परवाह न करें! लोग आपकी हँसी उड़ाएँ तो समझें, आप सही रास्ते पर हैं।

चीजों को यथारूप स्वीकारना

जीवन एक सदानीरा नदी की भाँति है और जो व्यक्ति इस प्रवाह की अगुवाई करने की बजाय इसका अनुसरण करते हैं, उन लोगों के लिए जीवन एक खेल बन जाता है, एक लड़ाई नहीं, तो यदि आप नकारात्मक भावनाओं और विचारों के माध्यम से किसी स्थिति को दबाने का प्रयास करते हैं, तो आप अपने जीवन को दबाने की कोशिश करते हैं। वे बल से इस नदी

जीवन एक सदानीरा नदी की भाँति है और जो व्यक्ति इस प्रवाह की अगुवाई करने की बजाय इसका अनुसरण करते हैं, उन लोगों के लिए जीवन एक खेल बन जाता है, एक लड़ाई नहीं, तो यदि आप नकारात्मक भावनाओं और विचारों के माध्यम से किसी स्थिति को दबाने का प्रयास करते हैं, तो आप अपने जीवन को दबाने की कोशिश करते हैं।

को रोकने की कोशिश करते हैं तथा ऐसा प्रयास हमेशा और भी अधिक समस्याओं, और अधिक दर्द की ओर ले जाता है तो चीजों को यथारूप स्वीकार करना सीखें। चीजों को अपनी गति से चलने दें!

अपने साथ समय बिताएँ

यह चौंकानेवाला सत्य है कि अकेले होने की स्थिति से कितने लोग डरते हैं। अपने बचाव में अकसर लोग यह कहते हैं कि अकेले होने की स्थिति को, विशेष रूप से नकारात्मक मानने के लिए हम सामाजिक रूप से अनुकूलित हैं। अकेलेपन को ज्यादातर लोग दर्दनाक मानते हैं, लेकिन सच्चाई यह है कि हम केवल खुद को अकेला पा सकते हैं! हम केवल अकेलेपन में ही यह सीख सकते हैं कि हम वास्तव में कौन हैं और जब हम अपने भीतर समय बिताते हैं, तो हम अपने भीतर के आत्म का पता लगाते हैं, इसलिए अपने जीवन में अकेलेपन के लिए स्थान बनाएँ, जिसमें आपके पास स्वयं को खोजने का समय हो!

दूसरों की सहायता करें

शायद आप बस में जाने के लिए किसी बुजुर्ग या दिव्यांग की मदद कर चुके हैं या किसी की आर्थिक बाधा को दूर करने में मदद कर चुके हैं तथा शायद उस समय के दौरान और यहाँ तक कि घंटों बाद भी आपको बहुत अच्छा लगा। यदि ऐसा है तो आप एक अच्छे इनसान हैं। दुनिया को आप जैसे व्यक्ति की आवश्यकता है! दुनिया को अन्य लोगों की मदद करने के लिए और लोगों की जरूरत है! चाहे आप बुजुर्गों या अक्षम लोगों को उनकी

छोटी रोजमर्रा की समस्याओं में मदद कर रहे हों। यह मायने नहीं रखता कि आप महसूस करते हैं कि आप अन्य लोगों की मदद कर रहे हैं। यह इस दुनिया को थोड़ा बेहतर बनाता है और आपको भी बहुत खुश करता है।

अधिक सफलता के लिए धन बचाएँ

दस प्रतिशत दान करें और दस प्रतिशत बचाएँ। पैसे को सँभालने का सही तरीका आपकी वित्तीय सफलता के लिए नींव रखने का काम करता है। दस प्रतिशत की बचत से न केवल धन और समृद्धि की शुरुआत होती है, यह जीवन में संतुलन और शांति बनाए रखता है। हालाँकि पैसा आपको खुश नहीं करेगा, लेकिन यह अधिक संभावनाओं की दुनिया के लिए दरवाजा खोलता है तो एक दिन के लिए इतना पैसा रखने का लक्ष्य निर्धारित करें कि यह आपके दिन के अंत तक सैद्धांतिक रूप से आपके सभी खर्चों की भरपाई करे, यही वित्तीय स्वतंत्रता है।

> ***दस प्रतिशत की बचत से न केवल धन और समृद्धि की शुरुआत होती है, यह जीवन में संतुलन और शांति बनाए रखता है। हालाँकि पैसा आपको खुश नहीं करेगा, लेकिन यह अधिक संभावनाओं की दुनिया के लिए दरवाजा खोलता है तो एक दिन के लिए इतना पैसा रखने का लक्ष्य निर्धारित करें कि यह आपके दिन के अंत तक सैद्धांतिक रूप से आपके सभी खर्चों की भरपाई करे, यही वित्तीय स्वतंत्रता है।***

कम सोएँ

आधुनिक युग में ज्यादातर लोग लंबी नींद का आनंद लेने के इच्छुक रहते हैं, लेकिन सफलता की खोज के जिज्ञासुओं के लिए लंबी नींद हराम है तो दिन में अधिकतम छह घंटे सोने की आदत बनाएँ और जितनी जल्दी हो सके उठें, क्योंकि यह उन आदतों में से एक है, जो सफलतम लोगों में समान रूप से पाई जाती है।

दिमाग पर नियंत्रण

हर दिन और जीवन भर हम अपने दिमाग को काम में लगाए रखने की

कोशिश करते हैं, हालाँकि इसके उपयोग की विधि के रूप में हमें कुछ नहीं मिला है। अत: जहाँ तक संभव हो, इसका उपयोग सहजता से करें। इस फेर में न पड़ें कि मन एक जंगली जानवर की तरह है, जिसे व्यक्तित्व विकास की सहायता से शिक्षित और नियंत्रित करने की आवश्यकता है। केवल सहजता से हमारी बुद्धि पूरी क्षमता से विकास कर सकती है और हमारे लक्ष्यों और सपने की ओर काम कर सकती है।

जीवन में सफल एवं खुश रहने के लिए हमेशा और हर जगह सही निर्णय लेना महत्त्वपूर्ण है। हमारे निर्णय, हमारे परिणाम और इस प्रकार हमारे पूरे जीवन का निर्माण करते हैं तथा जब आप गलत विकल्प चुनते हैं, क्योंकि आप अपनी भावनाओं के वश में हो जाते हैं तो आप संभवतः एक अपूर्ण और असफल जीवन में समाप्त हो जाते हैं।

भावनाओं पर नियंत्रण

भावनाओं पर नियंत्रण रखना भी उतना ही महत्त्वपूर्ण और आवश्यक है, जितना दिमाग पर। कई लोग भावनाओं पर नियंत्रण की बजाय भावनाओं द्वारा नियंत्रित होते हैं और उनमें बह जाते हैं। जीवन में सफल एवं खुश रहने के लिए हमेशा और हर जगह सही निर्णय लेना महत्त्वपूर्ण है। हमारे निर्णय, हमारे परिणाम और इस प्रकार हमारे पूरे जीवन का निर्माण करते हैं तथा जब आप गलत विकल्प चुनते हैं, क्योंकि आप अपनी भावनाओं के वश में हो जाते हैं तो आप संभवत: एक अपूर्ण और असफल जीवन में समाप्त हो जाते हैं।

सोने के समय कुछ उपयोगी करें

यह एक सार्थक दिनचर्या से ज्यादा कुछ नहीं है। इसके पीछे का लक्ष्य सोने से पहले दिन भर की घटनाओं को संसाधित करके मन को कुछ अच्छा और स्वस्थ देना है। इसके लिए बिस्तर पर जाने से पहले कुछ हल्का-फुल्का पढ़ें या मनभावन संगीत सुनें, जो आपको आराम देता है। यह टेलीविजन देखकर सोने से बेहतर है!

परिवेश और दोस्त बुद्धिमानी से चुनें

'आप अपने पाँच निकटतम साथियों के औसत हैं!' यह व्यक्तित्व विकास के क्षेत्र में एक बहुत ही प्रसिद्ध वाक्यांश है और इसे स्पष्ट करना चाहिए कि हमारे रिश्ते कितने अविश्वसनीय रूप से महत्त्वपूर्ण हैं और वे हमारे पूरे जीवन पर कितना व्यापक प्रभाव डालते हैं। समझें कि एक खोजी के रूप में आपको अपना परिवेश चुनना और बनाना है! यह एक कठिन काम है, इसका मतलब है कि आपको उन लोगों को रोकना है, जो आपके व्यक्तिगत विकास में बाधा डालते हैं। अपने जीवन में उन सभी छोटी चीजों को स्वीकार करने के बजाय, जो आपको नीचे खींचेंगी और आपको आपका सबसे अच्छा संस्करण बनने से रोक देंगी, उन लोगों के साथ घूमना शुरू करें, जो फलने-फूलने में आपकी मदद करते हैं।

> ***आपको अपने जीवन से नकारात्मक पहचानना और निकालना शुरू करना है, चाहे वे दावत-पार्टी के मित्र और परिचित हों, गलत काम, जिससे आप गहरी नफरत करते हैं, या यहाँ तक कि आपके व्यक्तित्व का वह हिस्सा, जो आपको पूर्ण व्यक्ति न बनाता हो और जिसे आप नहीं देखना चाहते हैं।***

डायरी लिखें

हमारी याददाश्त महान् है। कोई संदेह नहीं, लेकिन विचारों और जानकारी की मात्रा इतनी बड़ी है कि हम केवल इसका एक अंश याद रख पाते हैं। इस दुविधा को हल करने का सबसे आसान तरीका सबसे बेजोड़ उपकरण पेन और पेपर का टुकड़ा लेना है। बेशक आप इन दिनों बहुत सारे डिजिटल साधनों का उपयोग कर सकते हैं, लेकिन फिर भी उनमें से किसी में भी पुरानी डायरी जैसा आकर्षण और प्रभाव नहीं होता है तो इस तरह की एक डायरी लें और इसमें दैनिक नई चीजों को लिखें, जो इसमें लिखने लायक समझें। आपके लक्ष्य, आपके सपने, आपके विचार और अन्य मूल्यवान विचार।

खराब और नकारात्मक अलग करें

आपको अपने जीवन से नकारात्मक पहचानना और निकालना शुरू करना है, चाहे वे दावत-पार्टी के मित्र और परिचित हों, गलत काम, जिससे आप गहरी नफरत करते हैं, या यहाँ तक कि आपके व्यक्तित्व का वह हिस्सा, जो आपको पूर्ण व्यक्ति न बनाता हो और जिसे आप नहीं देखना चाहते हैं। मैं यह नहीं कह रहा कि यह इतना आसान है; लेकिन मैं कहता हूँ कि यदि आप अधिक खुशी और पूर्णता का अनुभव करना चाहते हैं तो यह आवश्यक है, क्योंकि नकारात्मकता एक ट्यूमर की तरह होती है, जो बढ़ती रहती है और जब तक आप इसे हटा नहीं देते, तब तक आप अपने पूरे जीवन में बीमार बने रहते हैं।

जो सीखें, उस पर सवाल करें

हमने बहुत कम उम्र में ही दूसरों से दुनिया, जीवन और खुशी कैसे काम करते हैं, इस बारे में बहुत कुछ सीखा है। इस सामाजिक शिक्षण ने सीमित विश्वासों की भीड़ को जन्म दिया है, जिससे हम जीवन के कई क्षेत्रों में हमारी पूरी क्षमता को प्रकट करने से वंचित रह जाते हैं। जिन लोगों ने कभी सफल होने की कोशिश नहीं की है, उन्होंने हमें सिखाया है कि सफलता एक अपवाद है, भाग्य की बात है और हम उन पर विश्वास करते थे! जो लोग नाखुश थे, उन्होंने हमें सिखाया कि जीवन में खुशी क्षणिक और मानसिक स्थिति है और हम उन पर विश्वास करते थे! यह असल में सच्चाई क्या है, यह जानने का समय है और जो आप सच और सही मानते हैं, क्योंकि आपको इसे इसी तरह से सिखाया गया है।

सच्ची खुशी का अभ्यास

किसी मनचाहे सामान को कड़ी मेहनत और लंबे इंतजार के बाद खरीदकर क्या आपको सच्ची खुशी मिलती है ? इस आदर्श गलती को गले न लगाएँ और अपने पास मौजूद भौतिक वस्तुओं के साथ स्वयं को पहचानें। आपने महसूस किया होगा कि वास्तविक खुशी और वास्तविक पूर्णता भौतिक

संपत्तियों के माध्यम से कभी नहीं प्राप्त की जा सकती है। इसकी बजाय अपने जीवन के सभी अनावश्यक कबाड़ से खुद को अलग करें और पहचानें कि सच्ची खुशी और पूर्णता पर आप मूल्य का बिल्ला नहीं लटका सकते हैं।

प्रोत्साहन, प्रेरणा और अच्छाइयों के स्रोत बनें

सुनिश्चित करें कि आप हमेशा जो कुछ भी करते हैं, उसमें नकारात्मक से अधिक सकारात्मक होता है। यह कि आप घृणा, क्रोध, ईर्ष्या या दूसरों के साथ वैमनस्य के बजाय प्रेरणा, अच्छाई, सहायता और खुशी जैसी चीजें साझा करते हैं। यदि आप नकारात्मकता भेजते हैं, तो आपको नकारात्मकता ही मिलती है! विशेष रूप से, सुनिश्चित करें कि आप उन चीजों को साझा करते हैं, जो अच्छी हैं, यहाँ तक कि सोशल नेटवर्क पर भी, जहाँ भी आप सक्रिय हैं। चीजें जो दूसरों को प्रोत्साहित करती हैं, प्रेरित करती हैं और बढ़ाती हैं!

आपने महसूस किया होगा कि वास्तविक खुशी और वास्तविक पूर्णता भौतिक संपत्तियों के माध्यम से कभी नहीं प्राप्त की जा सकती है। इसकी बजाय अपने जीवन के सभी अनावश्यक कबाड़ से खुद को अलग करें और पहचानें कि सच्ची खुशी और पूर्णता पर आप मूल्य का बिल्ला नहीं लटका सकते हैं।

अपने त्याग के बारे में जागरूक रहें

यह सच है कि अपने लक्ष्यों और सपनों को प्राप्त करने के लिए हमें स्पष्ट प्राथमिकताओं को निर्धारित करने और त्याग करने की आवश्यकता पड़ती है, लेकिन महत्त्वाकांक्षा हमें उन बदलावों में जल्दी से अंधा कर सकती है, जिनकी हमने उम्मीद नहीं की थी। परिवर्तन, जो हमारे जीवन में लगभग रेंग रहे हैं और इसके चलते हम अनजाने में ही बड़ा त्याग कर देते हैं, जिसके लिए हम मानसिक रूप से तैयार भी नही होते हैं। उदाहरण के लिए, क्या ऐसी कॅरियर सफलता और पैसों का कोई फायदा है कि आप अपने बच्चों के लिए वक्त नहीं निकाल पाते; उन्हें बढ़ते हुए

नहीं देख पाते। अपने आप से पूछें, आपके पास क्या है, जिसके लिए आप बलिदान कर रहे हैं?

अपने माता-पिता पर गर्व करें

आपके माता-पिता ने आपकी शिक्षा में बहुत सारी ताकत, समय, पैसा और यहाँ तक कि स्वयं को भी झोंक दिया है। उन्होंने ऐसा इसलिए किया, क्योंकि आप जब पैदा हुए, उस पल से ही वे बिना शर्त आपसे प्यार करते हैं और उनके आत्म-त्याग और निरंतर प्रयास को धन्यवाद देने का सबसे अच्छा तरीका अपने आपको और अपने जीवन को कुछ बनाना है! इसलिए आत्म-प्राप्ति के अपने रास्ते पर अपने माता-पिता को एक शक्तिशाली प्रेरक के रूप देखें और गर्व महसूस करें।

आपके माता-पिता ने आपकी शिक्षा में बहुत सारी ताकत, समय, पैसा और यहाँ तक कि स्वयं को भी झोंक दिया है। उन्होंने ऐसा इसलिए किया, क्योंकि आप जब पैदा हुए, उस पल से ही वे बिना शर्त आपसे प्यार करते हैं और उनके आत्म-त्याग और निरंतर प्रयास को धन्यवाद देने का सबसे अच्छा तरीका अपने आपको और अपने जीवन को कुछ बनाना है! इसलिए आत्म-प्राप्ति के अपने रास्ते पर अपने माता-पिता को एक शक्तिशाली प्रेरक के रूप देखें और गर्व महसूस करें।

नाम याद रखना

यह पहली बार में हास्यास्पद प्रतीत हो सकता है, लेकिन इन साधारण सी छोटी आदत का वास्तव में आपकी सामाजिक पारस्परिक क्रियाओं पर गहरा प्रभाव पड़ सकता है। उदाहरण के लिए, किसी नए व्यक्ति के नाम को याद रखना, यह तय कर सकता है कि आपको वह नौकरी मिलती है या नहीं, जिसकी आप उम्मीद करते हैं। किसी अजनबी का नाम सुनकर इसे याद रखना और वार्त्तालाप के दौरान इसका उपयोग करना तुरंत निकटता, विश्वास और सहानुभूति पैदा कर सकता है। तो आप जिन लोगों से मिलते हैं, उनके नाम याद रखें!

परिवर्तन चाहते हैं तो खुद को बदलें

बहुत से लोग बहुत पीड़ा और दर्द सहन करते हैं, क्योंकि उन्हें नहीं पता कि जीवन में सकारात्मक बदलाव कैसे करें। उन्हें लगता है कि उन्हें अपने दर्द या समस्याओं को हल करने और वास्तव में खुश होने के लिए किसी भी तरह से अपनी परिस्थितियों को बदलना होगा, लेकिन साथ ही वे यह भी मानते हैं कि उनके पास अपनी परिस्थितियों को बदलने की कोई शक्ति नहीं है। वे उन समस्याओं को हल करने का प्रयास करते हैं, जिनके कारण आंतरिक हैं, बाहरी हैं। बेशक यह काम नहीं करता है! सच्चाई यह है कि आपका पूरा जीवन आपके व्यक्तित्व का प्रत्यक्ष प्रतिबिंब है। केवल जब आप बदलते हैं, तो सबकुछ आपके लिए बदल जाता है!

विशेष रूप से भागीदारी और दोस्ती में, यह अकसर होता है कि लोग दूसरे व्यक्ति को अपने विचारों के अनुसार बदलने की कोशिश करते हैं। वे अपने व्यक्तित्व को दबाव या यहाँ तक कि हेरफेर जैसी चीजों के माध्यम से विकृत करने की कोशिश करते हैं, जिससे किसी के जीवन को आसान या अधिक आनंददायक बनाया जा सके।

दूसरों को बदलने की कोशिश न करें

विशेष रूप से भागीदारी और दोस्ती में, यह अकसर होता है कि लोग दूसरे व्यक्ति को अपने विचारों के अनुसार बदलने की कोशिश करते हैं। वे अपने व्यक्तित्व को दबाव या यहाँ तक कि हेरफेर जैसी चीजों के माध्यम से विकृत करने की कोशिश करते हैं, जिससे किसी के जीवन को आसान या अधिक आनंददायक बनाया जा सके। ऐसी चीज न केवल बहुत स्वार्थपूर्ण है, बल्कि यह उस बात की शुरुआत भी है, जो अंततः दोनों पक्षों को गहराई से दु:खी करेगी तो दूसरों को बदलने की बजाय आपको दोस्ती या साझेदारी के उस बिंदु को पहचानना सीखना है और जहाँ आपको अलग-अलग तरीकों से जाना चाहिए।

अंधानुकरण न करें

'यह अलग कौन है? और अलग होना बुरा है!' यह सर्वव्यापी सामाजिक सोच है। जैसा आपके आसपास के लोग करते हैं, आँख मूँदकर उनका अनुकरण करना साधारण जीवनयापन का सबसे सुरक्षित तरीका है। यह दुखद है, लेकिन भेड़ों की तरह हमें भी झुंड में रहने की आदत के साथ पाला जाता है, कभी झुंड से बाहर नाचने के लिए नहीं, लेकिन सच्चाई यह है कि हम सभी अलग हैं और इसलिए अलग तरह से सोचने और साहसी कदम उठानेवाले के जीवन में ही कुछ ऐसा होगा, जो सबसे अलग और असाधारण होगा।

> ***लक्ष्य हासिल करने और सफल और खुश होने के लिए, उन चीजों को करना सीखना चाहिए, जो करनी हैं, चाहे वे आपको पसंद हों या नहीं! आत्म-अनुशासन मांसपेशियों की तरह है, जिन्हें आप प्रशिक्षित और निर्मित कर सकते हैं, तो आज ही इस मांसपेशियों को प्रशिक्षण देना शुरू करें और आप आश्चर्यचकित होंगे कि यह आपको कहाँ ले जाता है।***

लोगों को जो चाहिए, वह दें

लोगों को देना, जो वे चाहते हैं, दोस्त बनाने और दूसरों को अपने अनुकूल बनाने का सबसे आसान व तेज तरीका है और न केवल यह, यदि आप दूसरों की चाहत में उनकी मदद करते हैं तो वे भी आपकी चाहत पूरी करने में आपकी मदद करेंगे, लेकिन आपको समझना चाहिए कि हममें से प्रत्येक को किसी बिंदु पर मदद की जरूरत पड़ती है। कोई भी अकेले ऐसा नहीं कर सकता! बेशक, इस क्रम में मर्यादा बनाए रखना आवश्यक है।

आत्म-अनुशासन का निर्माण

आत्म-अनुशासन सफल और खुश लोगों की सबसे महत्त्वपूर्ण विशेषता है। लक्ष्य हासिल करने और सफल और खुश होने के लिए, उन चीजों को करना सीखना चाहिए, जो करनी हैं, चाहे वे आपको पसंद हों या नहीं! आत्म-अनुशासन मांसपेशियों की तरह है, जिन्हें आप प्रशिक्षित और निर्मित

कर सकते हैं, तो आज ही इस मांसपेशियों को प्रशिक्षण देना शुरू करें और आप आश्चर्यचकित होंगे कि यह आपको कहाँ ले जाता है।

बेहतर बनें, पूर्ण नहीं

स्वस्थ महत्त्वाकांक्षा और हानिकारक पूर्णतावाद के बीच एक संकीर्ण रेखा है। स्वस्थ महत्त्वाकांक्षा आपका इच्छित परिणाम लाती है और इसे सबसे तेज तरीके से संभव बनाती है। पूर्णतावाद, हालाँकि आप पर कब्जा कर लेता है और यह सुनिश्चित कर देता है कि आप अपनी उपलब्धियों को स्वीकारने से बचने लगते हैं। ध्यान दें कि जब आप इस संकीर्ण श्रेणी से अधिक हो जाते हैं तथा चीजों को अच्छी और बेहतर बनाने की कोशिश करते हैं; लेकिन कभी भी 'परिपूर्ण' नहीं होते हैं। पूर्णता प्रगति की हत्यारी है!

सबसे प्रेम

यह आसान नहीं है। इस दुनिया में पर्याप्त चीजें और लोग मौजूद हैं, जिनके लिए कुछ लोगों को प्रेम महसूस करना असंभव लगता है, लेकिन हमारे समय के महान् संतों को देखकर हमें ज्ञात होता है कि जो भी अपने गहरे अस्तित्व के रूप में प्रेम को स्वीकार करता है, वह दुनिया को बदल सकता है। प्रेम सभी शक्तियों में सबसे शक्तिशाली है और साथ ही सबसे सकारात्मक भी। यदि आप अधिक प्रेम प्रकट करते हैं तो अधिक प्रेम वापस प्राप्त करते हैं, अतः अपने जीवन और इस दुनिया में प्रेम को बढ़ाने एवं दूसरों के साथ साझा करने के लिए इसे अपना मिशन बनाएँ।

व्यक्तिगत विकास

व्यक्तिगत रूप से बढ़ने और खुद का सर्वश्रेष्ठ संस्करण बनने के लिए एक ऐसा व्यक्ति बनने का फैसला करें, जिसने इसे अपने जीवन का ध्येय बना लिया है। ऐसा व्यक्ति बनने का फैसला करें, जो अधिक देने के लिए, अधिक होना चाहता है। ऐसा व्यक्ति, जो दूसरों के लिए एक प्रेरणस्रोत है और जो इस दुनिया में एक वास्तविक अंतर बनाता है।

□

21

सफलता के आपके मायने

आपके लिए सफलता का क्या अर्थ है, जब आप सागर किनारे आरामकुरसी पर बैठकर लहरों की अठखेलियाँ देखते हैं, या जब आप काम की चिंता से बेखटके घोड़े बेचकर सोते हैं, या जब आप एक सप्ताह के लिए लैपटॉप-कंप्यूटर छोड़ देते हैं? क्या सफलता का अर्थ आपका प्रबुद्ध होना, दिन में दो घंटे ध्यान करना, पाप व बुराइयों से दूर रहना और सभ्य जीवन जीना है?

चलिए देखते हैं, सफलता के मायने आखिर क्या हैं?

मेरा मानना है कि जब व्यक्तिगत रूप से सफल होने का फैसला किया जाता है तो प्रत्येक व्यक्ति के पास एक 'प्रारंभिक बिंदु' होता है। केस स्टडी—

छह साल पहले, अमन जब 17 वर्ष का था, प्रतिदिन कंप्यूटर पर दिन में लगभग दस घंटे बिताता, धूम्रपान करता और खूब जंक फूड खाता था। उस समय उसका एकमात्र विचार कंप्यूटर था। उसकी एकमात्र सफलता महान् तलवार, सर्वश्रेष्ठ कवच और खेल में सबसे अच्छा चरित्र था। व्यक्तिगत विकास का कोई नामोनिशान नहीं। चेतना का कोई निशान नहीं। जिम्मेदारी का कोई संकेत नहीं। वह भावनात्मक रूप से फँसा हुआ और बड़े असमंजस में था। कोई दोस्त नहीं; कोई वास्तविक जीवन नहीं; कोई आत्मविश्वास नहीं; वजनी शरीर।

अमन का 'प्रारंभिक बिंदु' लगभग तीन साल पहले शुरू हुआ, जब उसने अपना पहला लक्ष्य निर्धारित किया और किताबें पढ़ना शुरू कर दिया।

उस समय से बहुत कुछ हुआ। पोषण, जीवनशैली और रवैए के अलावा एक बात हुई—जिम्मेदारी। वह अपनी भावनाओं के लिए, कार्यों के लिए, व्याख्या के लिए, राय के लिए जिम्मेदारी लेता है। कोई फर्क नहीं पड़ता कि आपका शुरुआती बिंदु कहाँ है। कोई सही और गलत नहीं है। कोई जल्दी और देर नहीं है। जिस समय आरंभ है, वही ठीक समय है। सालों से बंद अँधेरा कमरा रोशनी की एक किरण पाते ही पल भर में प्रकाशित हो उठता है।

लेकिन ऐसा क्यों होता है कि इतने सारे लोग 'सफलता यात्रा' शुरू करते हैं और इतने कम मंजिल तक पहुँच पाते हैं?

सफलता स्वयं जिम्मेदारी है

सफलता निजी है। सफलता जिम्मेदारी है। सफलता व्यक्तिगत है, तो जो लोग सफल नहीं होते हैं, उनमें हमेशा एक बात आम है, वे जिम्मेदार नहीं हैं—उनकी भावनाओं के लिए; उनके फैसलों के लिए; उनके कार्यों के लिए। हम खुद के लिए ऐसे लक्ष्य क्यों निर्धारित करते हैं, जिन्हें हम प्राप्त ही नहीं कर सकते और दशकों उनकी खोज में लगे रहते हैं। वे या तो अवास्तविक थे या आपके लायक नहीं?

> *क्या कोई व्यक्ति अपनी व्यक्तिगत सफलता को परिभाषित करने में सफल होगा? आप अपने जीवन के लिए जिम्मेदार हैं। इसका लाभ, हानि? जीवन में जिम्मेदार होना अवश्यंभावी है, क्योंकि आपके जीवन में आपकी भावनाओं, कार्यों, आपके विचार सबकुछ शामिल होते हैं।*

क्या कोई व्यक्ति अपनी व्यक्तिगत सफलता को परिभाषित करने में सफल होगा? आप अपने जीवन के लिए जिम्मेदार हैं। इसका लाभ, हानि? जीवन में जिम्मेदार होना अवश्यंभावी है, क्योंकि आपके जीवन में आपकी भावनाओं, कार्यों, आपके विचार सबकुछ शामिल होते हैं।

क्या आपने अंतिम बहस में आवाज उठाने का फैसला किया था? हाँ।

पिछली बार जब आप अकेले थे, तो क्या आपने अकेलापन महसूस करने का फैसला किया था? हाँ।

यदि आप बोलते हैं तो आप जिम्मेदार हैं। यदि आप चोट पहुँचाते हैं तो आप जिम्मेदार हैं। यदि आप गुस्से में हैं तो आप जिम्मेदार हैं। कोई आपको नहीं बताता कि आपको ऐसा महसूस करना चाहिए। आप स्वयं इसके लिए फैसला करते हैं।

जब आप अपने दिल से चीजें करते हैं, तो आप हमेशा सफल होते हैं। प्रेरणा सचमुच इच्छा है, जो हमें लक्ष्य की ओर बढ़ने को प्रेरित करती है। लक्ष्यों को स्थापित करने और प्राप्त करने में यह एक महत्त्वपूर्ण तत्त्व है। जानकारी ढूँढ़ना आम बात है। इससे आप प्रेरणा के अपने स्तर को प्रभावित कर सकते हैं, लेकिन अकसर हम यह नहीं जानते कि यह कैसे करें। सिर्फ एक 'अस्थायी' प्रेरणा पर्याप्त नहीं है और लगातार प्रेरित रहना एक असली संघर्ष हो सकता है।

अब इस पल में—अपने लिए सफलता को परिभाषित करें। आपके लिए सफलता का क्या अर्थ है? गहरी साँस लें और अपने दिल से आनेवाली आवाज से उत्तर लेकर निर्णय लें। किसी भी संख्या या लक्ष्य का पीछा करना बंद करें और अपने दिल से शुरुआत करें। आपके दिल को बड़ी कार, बड़ा घर और ज्यादा पैसा नहीं चाहिए।

सफलता के आप कुछ कारण गिनाना चाहेंगे? यहाँ कुछ कारण हैं कि मैं आज क्यों सफल हूँ। मैं आज सफल हूँ, क्योंकि—

मैं इस पुस्तक को लिख सकता हूँ और इस प्रकार अन्य लोगों को प्रेरित और प्रोत्साहित कर सकता हूँ। मैं आज खुद को जानता-समझता हूँ। मैं आज के दिन को अनुभव करता हूँ। मैं जब तक चाहूँ, मुसकरा सकता हूँ। मैं जंगल में वक्त बिता सकता हूँ। मैं सुरक्षित हूँ—मेरे पास साफ पानी है, सिर पर छत है, आय है···। मैं आज को प्रेम कर सकता हूँ। मैं जरूरतमंदों की मदद के लिए वहाँ रह सकता हूँ। मैं सादा और सरल हूँ।

जब आप अपने दिल से चीजें करते हैं, तो आप हमेशा सफल होते हैं। प्रेरणा सचमुच इच्छा है, जो हमें लक्ष्य की ओर बढ़ने को प्रेरित करती है। लक्ष्यों को स्थापित करने और प्राप्त करने में यह एक महत्त्वपूर्ण तत्त्व है। जानकारी ढूँढ़ना आम बात है। इससे आप प्रेरणा के अपने स्तर को प्रभावित कर सकते हैं, लेकिन अकसर हम यह नहीं जानते कि यह कैसे करें। सिर्फ एक 'अस्थायी' प्रेरणा पर्याप्त नहीं है और लगातार प्रेरित रहना एक असली संघर्ष हो सकता है।

प्रेरणा बनाए रखने की कोशिश में हमारा दृढ संकल्प और इच्छाशक्ति नकारात्मक विचारों और भविष्य के बारे में हमारी चिंता से लगातार 'हमलावर' होती है। हर किसी को एक समय या किसी अन्य समय संदेह और अवसाद (कुछ स्तर पर) के क्षणों का सामना करना पड़ता है, जो अत्यधिक सफल लोगों को उन असफल लोगों से अलग करता है, जो अपनी मंजिल पर पहुँचने से पहले ही डगमगा जाते हैं। ऐसी स्थिति आने पर सफल लोग उस स्थिति को बदलने के तरीकों की तलाश करते हैं, ताकि उनकी प्रेरणा बनी रहे।

तीन मुख्य तत्त्व हैं, जो प्रेरणा की कमी के कारण बनते हैं—

(1) विश्वास की कमी

सीधे शब्दों में कहें तो अगर आपको विश्वास नहीं है कि आप किसी भी गतिविधि में सफल नहीं हो सकते हैं, तो आपको कोशिश ही क्यों करनी चाहिए, है न? ऐसा तब होता है, जब आमतौर पर आप जो चाहते हैं, उसी पर पूरी तरह से ध्यान केंद्रित करते हैं और आपके पास पहले से जो मौजूद है उसे अनदेखा। इस वजह से, आपका दिमाग स्पष्टीकरण देता है कि आप प्रगति क्यों नहीं कर रहे हैं, और यह आपके बारे में नकारात्मक विचार पैदा करता है कि आप अपने बारे में कैसा महसूस करते हैं।

आपका दिमाग पिछली गलतियों, बुरी परिस्थितियों और व्यक्तिगत कमजोरियों से अभिभूत है। आप अपने प्रतिस्पर्धियों से ईर्ष्या महसूस करना शुरू कर देते हैं और आपका यह रवैया यह साबित करने के लिए बहाने शुरू कर देता है कि आपने अपने लक्ष्यों को क्यों प्राप्त नहीं किया। इन

परिस्थितियों में अभिनय करके, आप अपनी मानसिकता के बारे में एक भयानक छाप बनाते हैं, केवल लोगों में सबसे बुरी चीजें देखते हैं और पूरी तरह आत्मविश्वास खो देते हैं।

इस स्थिति को बदलने के लिए क्या किया जा सकता है? इन मामूली विचारों पर ध्यान देने की बजाय कृतज्ञता पर ध्यान केंद्रित करने की कोशिश करनी चाहिए। आराम से अपने जीवन की सभी सकारात्मक बातों पर ध्यान केंद्रित करें। अपनी ताकत, अपनी पिछली सफलताओं और वर्तमान में आपके फायदे की एक सूची बनाएँ। अकसर इस सूची को फिर से पढ़ें और जब भी आपको कोई सकारात्मक बात याद आए, इस सूची में जोड़ दें।

आपका दिमाग पिछली गलतियों, बुरी परिस्थितियों और व्यक्तिगत कमजोरियों से अभिभूत है। आप अपने प्रतिस्पर्धियों से ईर्ष्या महसूस करना शुरू कर देते हैं और आपका यह रवैया यह साबित करने के लिए बहाने शुरू कर देता है कि आपने अपने लक्ष्यों को क्यों प्राप्त नहीं किया।

अकसर लोग अपनी ताकत भूल जाते हैं और केवल अपनी कमजोरियों और पिछली असफलताओं पर ध्यान केंद्रित करने पर जोर देते हैं। जीवन में किसी-न-किसी समय हर कोई विफल रहता है। ऐसी स्थिति में आप दूसरों से खुद को अलग दिखाने की कोशिश करें। यदि आप अपनी वर्तमान स्थिति और हैसियत के प्रति कृतज्ञ महसूस करते हैं, तो आप देखेंगे कि अब आप कितने सक्षम और सफल हैं। यह रवैया आपको अपना आत्मविश्वास बहाल करने में मदद करेगा और आपकी वर्तमान सफलता के लिए आपको प्रेरित भी करेगा।

जितना अधिक नकारात्मक आप सोचते हैं, इस विश्वास की पुष्टि के लिए आपका दिमाग अधिक उदाहरण देगा, लेकिन जब आप यह मानकर चलते हैं कि आप सफलता के लायक हैं, तो आपका दिमाग आपको वहाँ तक पहुँचने के तरीके उत्पन्न करेगा या कम-से-कम यह आपकी प्रेरणा को कम नहीं करेगा।

विचारों की शक्ति

बार-बार सोचना मन और मस्तिष्क के बीच पुल का निर्माण करता है। अगर आपकी सोच निःस्वार्थ, रचनात्मक और शांति से भरी होती है तो यह आपके डर, चिंता, शंका और विपरीत प्रभाववाले विचारों को दूर करने में सहायक होती है। यदि आप अभाव, हीनता और प्रतिबंध के बारे में सोचते हैं तो आप सभी प्रकार की कमी और हीनताएँ पैदा करेंगे। जिस पर आप अपना ध्यान केंद्रित करते हैं, आप अपनी उसी दुनिया में आगे बढ़ते हैं।

जब कोई विचार आविर्भूत होता है तो मन उस विचार को स्वीकार करके उसे निष्पादित करना आरंभ करता है। यह एक रोचक और सूक्ष्म सच्चाई है कि मन का कानून अच्छे और बुरे विचारों पर समान रूप से तटस्थतापूर्वक कार्य करता है। यह कानून, जब नकारात्मक तरीके से लागू होता है, तो विफलता, हताशा और दुःख का कारण बनता है, हालाँकि जब आपकी अभ्यस्त सोच सामंजस्यपूर्ण और रचनात्मक होती है तो आप संपूर्ण स्वास्थ्य, सफलता और समृद्धि का अनुभव करते हैं।

जब कोई विचार आविर्भूत होता है तो मन उस विचार को स्वीकार करके उसे निष्पादित करना आरंभ करता है। यह एक रोचक और सूक्ष्म सच्चाई है कि मन का कानून अच्छे और बुरे विचारों पर समान रूप से तटस्थतापूर्वक कार्य करता है। यह कानून, जब नकारात्मक तरीके से लागू होता है, तो विफलता, हताशा और दुःख का कारण बनता है, हालाँकि जब आपकी अभ्यस्त सोच सामंजस्यपूर्ण और रचनात्मक होती है तो आप संपूर्ण स्वास्थ्य, सफलता और समृद्धि का अनुभव करते हैं।

यह सोचने की बजाय कि आप क्या खो रहे हैं, यह सोचने का प्रयास करें कि आपके पास ऐसा क्या है, जो बाकी सभी लोग खो रहे हैं। अनंत सत्य और जीवन के सिद्धांतों के दृष्टिकोण से सोचने की शुरुआत करें, न कि भय, अज्ञानता और अंधविश्वास के दृष्टिकोण से। दूसरों के विचारों को

अपनी सोच न बनाएँ। अपने विचारों को स्वयं चुनें और अपना खुद का निर्णय करें। आपके सोचने की प्रक्रिया आपके मस्तिष्क में प्रभाव डालती है, बदले में यह आपके जीवन में तथ्यों और अनुभवों के रूप में प्रकट होती है।

आप अपनी दुनिया के एकमात्र विचारक हैं। आप जिस तरह से दूसरे के बारे में सोचते हैं, उसके लिए आप स्वयं जिम्मेदार हैं। याद रखें, किसी दूसरे व्यक्ति के बारे में आप कैसा सोचते हैं, उसके लिए वह जिम्मेदार नहीं है। कुछ भी अच्छा या बुरा नहीं है, केवल हमारी सोच यह सब बनाती है। विवाह, भोजन, धन या सच्ची अभिव्यक्ति की इच्छा में कोई बुराई नहीं है। यह इस आग्रह, इच्छाओं और आकांक्षाओं का उपयोग करने पर निर्भर करता है। किसी को मारे बिना भोजन की अपनी इच्छा को पूरा किया जा सकता है।

प्रकृति की शक्ति बुराई नहीं है। उसके उपयोग का प्रभाव इस बात पर निर्भर है कि आप अपनी भीतरी शक्ति का उपयोग कैसे करते हैं। आप किसी को मारने या घर को रोशन करने के लिए बिजली का उपयोग कर सकते हैं।

जब आप सोचते हैं कि 'अगर मैं रात में कॉफी पीता हूँ, तो मैं तीन बजे उठ जाता हूँ।' तो आपका मन इसे ग्रहण करता है और आप जल्दी जाग जाते हैं। आपका मन दिन में चौबीसों घंटे काम करता है और आपके लाभ के लिए उसने सिद्धांत बनाया है कि आपकी गोद में आपके अभ्यस्त सोच के अनुरूप सभी फल डाल देना। जैसे ही मैं सोचता हूँ कि मैंने जीने का तरीका सीख लिया है, जिंदगी बदल जाती है।

प्रकृति की शक्ति बुराई नहीं है। उसके उपयोग का प्रभाव इस बात पर निर्भर है कि आप अपनी भीतरी शक्ति का उपयोग कैसे करते हैं। आप किसी को मारने या घर को रोशन करने के लिए बिजली का उपयोग कर सकते हैं। आप किसी को डुबोने या उसकी प्यास बुझाने के लिए पानी का उपयोग कर सकते हैं। अच्छे और बुरे विचार मनुष्य के मस्तिष्क की निजी सोच है।

आप क्या चुनते हैं?

इस बात पर विश्वास किए बिना कि आपके पास किसी विशेष लक्ष्य तक पहुँचने की क्षमता है, क्या आप शुरुआत से खुद को परेशान कर देंगे? नहीं न। यहाँ तक कि यदि आप यह मानते हैं कि आपके पास अपने लक्ष्य को प्राप्त करने के लिए कुछ भी नहीं है, तो भी आपकी मानसिकता आपको खोज से रोकने के लिए पर्याप्त नकारात्मक नहीं हो सकती; बस आपको अपने लक्ष्य की खोज में अपनी योजना को क्रियान्वित करने की आवश्यकता होती है।

आपका विश्वास 'आप में' दरवाजे खोल देगा—शुरुआत के। सभी लोगों को अवसर और विकल्प दिखाई देते हैं। तथ्य यह है कि इसमें से अधिकतर कार्य नहीं करने का फैसला करते हैं, क्योंकि उन्हें लगता है कि उन्हें सफल होने का मौका नहीं मिलेगा। यह आपकी निजी पसंद है।

(2) फोकस की कमी

यदि आप यही नहीं जानते कि आप क्या चाहते हैं, तो क्या आप वास्तव में कुछ भी चाहते हैं?

लोग अकसर उस पर ध्यान केंद्रित करते हैं, जो वे नहीं चाहते हैं; वे क्या चाहते हैं, उस पर नहीं—एक ठोस लक्ष्य। ऐसा इसलिए है, क्योंकि लोग डर के आधार पर सोचते हैं। आप बुरी वित्तीय स्थिति होने से डर सकते हैं; कोई भी आप का सम्मान नहीं कर रहा है, अकेले होने का डर इत्यादि।

लोग अकसर उस पर ध्यान केंद्रित करते हैं, जो वे नहीं चाहते हैं; वे क्या चाहते हैं, उस पर नहीं—एक ठोस लक्ष्य। ऐसा इसलिए है, क्योंकि लोग डर के आधार पर सोचते हैं। आप बुरी वित्तीय स्थिति होने से डर सकते हैं; कोई भी आप का सम्मान नहीं कर रहा है, अकेले होने का डर इत्यादि।

इस तरह सोचने में समस्या यह है कि इस तरह की सोच बिल्कुल मदद नहीं करती, क्योंकि अकेले आपका डर क्रियाशील नहीं है। इसका क्या मतलब है? मतलब अगर आप समय रहते अपने डर का दमन नहीं करते हैं

तो डर की यह भावना बढ़ती जाती है और यह आपकी प्रेरणा को 'आखिरी बूँद' तक चूस लेती है।

भय के इस चक्र से बाहर निकलने का एक ही तरीका है—अपनी ऊर्जा, ध्यान और एकाग्रता को एक अच्छी तरह से परिभाषित लक्ष्य के प्रति समर्पित करना। ऐसा करके कार्यों के एक सेट को स्वचालित रूप से परिभाषित करना अधिक आसान हो जाएगा। यदि आप पैसे का अभाव होने से डरते हैं, तो अपनी आय बढ़ाने के लिए एक योजना बनाएँ। यदि आप भय पर ध्यान केंद्रित करने की बजाय अपने दिमाग को सकारात्मक लक्ष्यों पर केंद्रित करते हैं, तो आप सफलता के लिए एक योजना बनाकर, अपने मस्तिष्क को काम पर लगाए रखेंगे। आप भविष्य की चिंता से आजाद हो जाएँगे और अपने लक्ष्य की खोज में लगे रहेंगे।

कहा जाता है कि डर मनुष्य का सबसे बड़ा दुश्मन है। विफलता, बीमारी और गरीब मानव संबंधों के पीछे डर है। लाखों लोग अतीत, भविष्य, वृद्धावस्था, पागलपन और मृत्यु से डरते हैं। डर आपके दिमाग में एक विचार है और आप अपने विचारों से डरते हैं। डर से डरें नहीं। वह आपको डराने के लिए नहीं हैं। वह आपको यह बताने के लिए है कि कुछ ऐसा है, जो इस लायक है।

मनुष्य का जन्म दो भय के साथ होता है—गिरने के डर और शोर के डर। स्व-संरक्षण के साधन के रूप में यह एक प्रकार का अलार्म सिस्टम है, जो आपको स्वभाव से दिया गया है। सामान्य डर अच्छा है। आप सड़क पर गाड़ी की आवाज सुनते हैं और बचने के लिए एक तरफ हो जाते हैं। बाकी सभी डर माता-पिता, रिश्तेदारों, शिक्षकों और उन सभी से मिलते हैं, जो आपको अपने प्रारंभिक वर्षों से प्रभावित करते हैं। वह काम करें, जो आप करने से डरते हैं तो आसन्न भय की मृत्यु निश्चित है। अपने आप से कहें, 'मैं इस डर को गुरु बनाने जा रहा हूँ,' और आप कर गुजरेंगे।

(3) दिशाहीनता

यदि आपको नहीं पता कि क्या करना है, तो आप कार्य करने के लिए

खुद को कैसे प्रेरित कर सकते हैं?

जब आप एक विशिष्ट अंतिम लक्ष्य पर ध्यान केंद्रित करते हैं, तो 'दिशा' का अर्थ उस लक्ष्य को प्राप्त करने के लिए एक संरचित योजना से है। 'दिशा' की कमी से आपकी प्रेरणा नष्ट हो सकती है। यह जाने बिना कि क्या करना है और कौन से कदम उठाने हैं; आप अपने लक्ष्य से भटक जाएँगे।

जब आप एक विशिष्ट अंतिम लक्ष्य पर ध्यान केंद्रित करते हैं, तो 'दिशा' का अर्थ उस लक्ष्य को प्राप्त करने के लिए एक संरचित योजना से है। 'दिशा' की कमी से आपकी प्रेरणा नष्ट हो सकती है। यह जाने बिना कि क्या करना है और कौन से कदम उठाने हैं; आप अपने लक्ष्य से भटक जाएँगे। 'दिशा' खोजने की यह कुंजी उन गतिविधियों की पहचान में सक्षम बनाती है, जो आपको आपके लक्ष्य तक पहुँचाने में मददगार होते हैं। अंतिम परिणाम प्राप्त करने के लिए आवश्यक सभी गतिविधियों की एक सूची बनाएँ। फिर, आपको जो कदम उठाने चाहिए, उसके सही अनुक्रम की योजना बनाएँ।

आवश्यक और महत्त्वपूर्ण कार्यों पर नियंत्रण करके, आप अपने लक्ष्यों को प्राप्त करने की दिशा में तेजी से आगे बढ़ेंगे। विशिष्ट लक्ष्य और उन्हें प्राप्त करने के लिए आवश्यक विशिष्ट कदम आपके मन में उत्पन्न होनेवाले किसी भी मानसिक भ्रम को दूर कर देंगे। यही वह सरल भावना है कि चीजें आपके नियंत्रण में हैं और आप सही दिशा में आगे बढ़ रहे हैं। इससे आपके दीर्घकालिक लक्ष्य को प्राप्त करने के लिए प्रेरित रहना आसान हो जाएगा।

□

22

प्रेरणा सफलता की कुंजी

प्रेरणा को सफलता की कुंजी कहा गया है, इसलिए लक्ष्य प्राप्ति के लिए प्रेरक बने रहना जरूरी है। कई बार हम प्रेरणा की कमी से जूझते हैं। प्रेरणा की कमी के लिए कोई आसान समाधान नहीं है। समय-समय पर उत्साह की कमी, तथाकथित बुरी किस्मत और यहाँ तक कि कभी-कभी विफलता से बचना लगभग असंभव है और इन समय के दौरान प्रेरित रहना बहुत मुश्किल हो सकता है। प्रेरणा की क्षणिक कमी पर काबू पाने के बाद भी यह समस्या—निराशा, त्रुटि या विफलता के पूर्व संकेत के तौर पर फिर से दिखाई देती है।

तो आखिर प्रेरणा को सतत् बनाए रखने के लिए क्या करें? आइए कुछ उपायों पर चर्चा करते हैं।

आपकी सफलता आप पर निर्भर

आपको विश्वास करना होगा कि सफलता प्राप्त करने में पहल, प्रयास और दृढता महत्त्वपूर्ण कारक हैं। जहाँ इच्छा है, इसे पूरा करने के तरीके हैं और उन्हें ढूँढ़ना आपकी जिम्मेदारी है।

आवश्यक कार्यों को अवसरों के रूप में लें

जब किसी ऐसे कार्य का सामना करना पड़ता है, जहाँ सफलता अनिश्चित है, तो इसे चुनौती या अवसर के रूप में लें। उस काम को खतरों के रूप में नहीं सोचें; न यह कि वह विफलता और शर्मिंदगी का कारण बन सकता है। करना आरंभ करें और परिणाम देखें।

लक्ष्यों के लिए प्रयास आनंददायक

प्रत्येक कार्य को समर्पण, एकाग्रता, प्रतिबद्धता और भागीदारी के साथ निष्पादित करके आप सतत् प्रेरित रह सकते हैं। इसके साथ ही अगर आप प्रत्येक कार्य की सराहना करेंगे, तो बाधा उतनी मुश्किल नहीं होगी, जितनी आपने कल्पना की थी कि वह होगी।

उपलब्धियों और प्रयासों को महत्त्व दें

यदि आप अपने कार्यों को पूरा करने के लिए आवश्यक प्रयासों को महत्त्व देते हैं, तो आप अपनी इच्छाशक्ति का मूल्यांकन करते हैं और इस प्रकार अपनी प्रेरणा को बढ़ाते हैं। दुर्भाग्य से, कई लोगों को लगता है कि 'कड़ी मेहनत का मूल्यांकन करना' तर्कसंगत नहीं है। तर्क यह दिया जाता है कि जो लोग कड़ी मेहनत करते हैं, वे अपने सामाजिक जीवन से समझौता करते हैं और दिल के दौरे को आमंत्रित करते हैं। असल में, समर्पण और प्रयास आपके लिए क्या करेंगे? जीवन में सफलता और पूर्ति हासिल करने के लिए आपका नेतृत्व।

> ***'कड़ी मेहनत का मूल्यांकन करना' तर्कसंगत नहीं है। तर्क यह दिया जाता है कि जो लोग कड़ी मेहनत करते हैं, वे अपने सामाजिक जीवन से समझौता करते हैं और दिल के दौरे को आमंत्रित करते हैं। असल में, समर्पण और प्रयास आपके लिए क्या करेंगे? जीवन में सफलता और पूर्ति हासिल करने के लिए आपका नेतृत्व।***

कौशल में सुधार

कभी-कभी आपके पास एक लक्ष्य तो हो सकता है, लेकिन अकसर एक सोच आपको पीड़ित करती रहती है कि उसे हासिल करने का आपके पास आवश्यक न्यूनतम कौशल नहीं है। ऐसे में क्या करें?

आपके कौशल में हमेशा सुधार किया जा सकता है। यह जानने के लिए कि आपके अंतिम लक्ष्य तक पहुँचने के लिए कौन से कदम जरूरी हैं;

यह जानना आसान होगा कि सफल होने के लिए आपको किस कौशल की आवश्यकता होगी।

जानें कि आपको क्या सीखना है

यदि जानकारी की कमी आपको अपने लक्ष्यों तक पहुँचने से रोकती है, तो उन अंतराल को भरने के तरीके ढूँढ़ें और इसे अपनी कार्य योजना में डाल दें। अपने लक्ष्यों को प्राप्त करने के लिए अध्ययन करने और कड़ी मेहनत करने के लिए तैयार रहें। जैसे कौशल में सुधार किया जा सकता है, आपके ज्ञान में भी निरंतर सुधार किया जा सकता है।

काम में दृढता

निरंतर प्रयास और प्रतिबद्धता से प्रारंभिक बाधाओं या असफलताओं को दूर कर सकते हैं। क्या आप प्रारंभिक विफलता को देखकर हाथ खड़े कर देंगे? शुरुआत में सफल नहीं होना एक सामान्य घटना है, लेकिन आपको लगातार कार्यरत रहना चाहिए और पुनः प्रयास करना चाहिए। कार्यरत रहने से, सफलता मिलेगी और इसके साथ ही, प्रगति जारी रखने के लिए प्रेरणा भी होगी। यदि पहली विफलता होती है और आप हार मान लेते हैं, तो यह एक संकेत है कि आप वास्तव में अपने लक्ष्य के प्रति प्रतिबद्ध नहीं थे।

भविष्य में रहने की कोशिश

उस भविष्य में रहने की कोशिश करें, जो आप प्राप्त करना चाहते हैं। उदाहरण के लिए, यदि आप वजन कम करना चाहते हैं, तो अपने आप को ऐसे किसी व्यक्ति के रूप में न सोचें, जो वजन कम करने के लिए सख्त संघर्ष कर रहा है, बल्कि अपने आप को कम वजनवाले किसी के रूप में सोचें। खुद को एक स्वस्थ व्यक्ति के रूप में देखें और एक अलग जीवनशैली का अभ्यास करने की कोशिश करें। इस जीवनशैली को बनाए रखने के लिए, आपको स्वास्थ्यवर्द्धक भोजन करना चाहिए और नियमित व्यायाम। यही है, इस बारे में सोचें कि आपका जीवन कैसा रहेगा और वर्तमान में उसी तरह जीवनयापन करें।

समापन तिथियाँ निर्दिष्ट करें

ध्यान दे—आप हमेशा अपने सभी लक्ष्यों को चयनित तिथियों पर पूरा नहीं करेंगे, लेकिन अपने प्रत्येक कार्य को पूरा करने पर अपना ध्यान केंद्रित रखने के लिए कार्य-समापन तिथियाँ निर्दिष्ट करने का यह सरल कार्य बहुत महत्त्वपूर्ण होगा। कई लोग समय सीमा के साथ बेहतर काम करते हैं, साथ ही प्रत्येक कार्य के लिए समापन तिथियाँ निर्धारित करने में यथार्थवादी बनें, ताकि आपको प्रत्येक कार्य को पूरा करने के लिए हर संभव प्रयास करना पड़े।

खुद को एक स्वस्थ व्यक्ति के रूप में देखें और एक अलग जीवनशैली का अभ्यास करने की कोशिश करें। इस जीवनशैली को बनाए रखने के लिए, आपको स्वास्थ्यवर्द्धक भोजन करना चाहिए और नियमित व्यायाम। यही है, इस बारे में सोचें कि आपका जीवन कैसा रहेगा और वर्तमान में उसी तरह जीवनयापन करें।

निश्चित लक्ष्य प्राप्त करने का इनाम

योजना बनाएँ और रिकॉर्ड करें कि एक निश्चित लक्ष्य प्राप्त करने के लिए आपका इनाम क्या होगा? यह एक बहुत बड़ा इनाम नहीं होना चाहिए। काम के बीच में खुद को रिवार्ड करना महान् प्रेरक का कार्य करता है। जब भी आप अपनी प्रेरणा में कमी महसूस करना शुरू करें तो इनाम को याद रखें; इससे लक्ष्य तक पहुँचने की आपकी इच्छा बढ़ सकती है।

परियोजना के प्रत्येक चरण को गंभीरता से लें

अपने अंतिम लक्ष्य को प्राप्त करने के लिए आवश्यक सभी कदमों को एक ही गंभीरता से देखा जाना चाहिए। इससे कोई फर्क नहीं पड़ता कि कोई काम छोटा है और जल्दी पूरा हो जाता है। आपके प्रोजेक्ट का प्रत्येक व्यक्तिगत चरण केवल तभी काम करेगा, जब पूरा सेट भलीभाँति निष्पादित हो। एक मामूली कदम में विफलता बाद में आपके प्रोजेक्ट की प्रगति को नकारात्मक रूप से प्रभावित कर सकती है।

अंतिम लक्ष्य के प्रति सावधान रहें

सुनिश्चित करें कि आपका अंतिम लक्ष्य आपके मूल्यों से संबंधित हो। यदि कोई कार्य करने की आवश्यकता है तो शुरुआत से ही उसे अपने मूल्यों से इतना जुड़ा हुआ साबित न करें, इस बारे में सोचें कि वह आपके समग्र लक्ष्यों को कैसे पूरक बना सकता है। यदि यह एक ऐसा कार्य है, जो आपके मूल्यों के अनुरूप नहीं है, तो विचार करें कि इसे कार्यान्वित करना है या कार्य की सूची से भी हटा देना है।

सुनिश्चित करें कि आपका अंतिम लक्ष्य आपके मूल्यों से संबंधित हो। यदि कोई कार्य करने की आवश्यकता है तो शुरुआत से ही उसे अपने मूल्यों से इतना जुड़ा हुआ साबित न करें, इस बारे में सोचें कि वह आपके समग्र लक्ष्यों को कैसे पूरक बना सकता है। यदि यह एक ऐसा कार्य है, जो आपके मूल्यों के अनुरूप नहीं है, तो विचार करें कि इसे कार्यान्वित करना है या कार्य की सूची से भी हटा देना है।

विलंब से बचें

कार्य-योजना में यह नियम लागू करे—'काल करे सो आज कर, आज करे सो अब।' यदि आप अकसर 'कल' पर सबकुछ छोड़ देते हैं, तो यह आसानी से देखा जा सकता है कि आप अपना अंतिम लक्ष्य कभी हासिल नहीं कर पाएँगे।

आपकी इच्छाशक्ति सीमित है

अपनी इच्छाशक्ति को मांसपेशियों की तरह समझकर सोचें। यदि आप व्यायाम नहीं करते हैं तो आपकी मांसपेशियाँ कमजोर और कमजोर होती जाती हैं। जितना अधिक आप अपनी इच्छाशक्ति का उपयोग करेंगे, वह उतनी ही मजबूत होती जाएगी, जैसे आपकी मांसपेशियाँ होती हैं।

सोच से निकले : काम करें

यह किसी भी परियोजना के सबसे महत्त्वपूर्ण बिंदुओं में से एक है। आपके सोच के अनुरूप काररवाई होनी चाहिए, क्योंकि यह काररवाई ही है,

जो आपको अपने लक्ष्यों तक पहुँचाती है। आप यदि किसी खास परियोजना पर काम शुरू करने में हिचकिचा रहे हैं तो किसी और काम से शुरू करने का प्रयास करें।

> ***बड़ी सोच रखना सफलता प्राप्ति की एक अनिवार्य विशिष्टता है। बड़ी सोच तब पनपती है, जब आप अपने मन के चक्षुओं में उस बृहत् लक्ष्य को देखते हैं, जो आपसे कहीं ज्यादा बड़ा होता है। बड़ी सोच रखना ऐसे सपनों को सँजोना है, जिनको आप हकीकत में बदलने के लिए कार्य करते हैं।***

बड़ी सोच

बड़ी सोच रखना सफलता प्राप्ति की एक अनिवार्य विशिष्टता है। बड़ी सोच तब पनपती है, जब आप अपने मन के चक्षुओं में उस बृहत् लक्ष्य को देखते हैं, जो आपसे कहीं ज्यादा बड़ा होता है। बड़ी सोच रखना ऐसे सपनों को सँजोना है, जिनको आप हकीकत में बदलने के लिए कार्य करते हैं।

जिस व्यक्ति को अपने पर विश्वास होता है, वह हर असंभव से कार्य को अपने परिश्रम और साहस से संभव बना लेता है। ठीक उसी तरह, जिस प्रकार एक कुशल सारथी एक उद्दंड घोड़े को अपने प्रयासों से अपने वश में करने में सफलता अर्जित कर लेता है।

इन सबमें विश्वास, उत्साह के साथ एक और बात का होना आवश्यक होता है और वह है—आशा, जी हाँ, हर कार्य को करने के पूर्व मन-मस्तिष्क में यह होना चाहिए कि हम जो कार्य कर रहे हैं या करने जा रहे हैं, उसमें पूर्ण रूप से सफलता मिलना लगभग निश्चित ही है।

बड़ा कारण

एक बड़ा कारण लेकर चलें, जिसकी आप परवाह करते हैं। यह प्रेरणा का एक शक्तिशाली स्रोत होता है। इस तरह का एक कारण परेशानी के समय भी आपको अपना सर्वश्रेष्ठ देने के लिए प्रेरित कर सकता है। यह आपके उस काम को भी पूरा कर सकता है, जिसे आपने सोचा था कि आपके लिए

कभी भी संभव नहीं होगा। कुछ कारण आपको अस्थायी रूप से प्रेरित कर सकते हैं, लेकिन एक बड़ा कारण (जिसे आपको अन्य लोगों को बताने की आवश्यकता नहीं है) आपको अनिश्चित काल तक प्रेरित कर सकता है। यह प्रेरणा का स्रोत है, जो कभी सूख नहीं पाएगा।

बीती ताही बिसार दे

प्रेरणा के लिए सबसे विनाशकारी चीजों में से एक है आपका अतीत। इससे पहले कि आप इसे जानने की कोशिश करते हैं, आपका अतीत आपको नीचे खींच सकता है। आपने अतीत में गलतियाँ की हो सकती हैं (सभी करते हैं)। अपने काम से आपने दूसरों को निराश किया होगा। यहाँ अच्छी खबर यह है: यह सब खत्म हो गया है, यह खत्म हो गया है। यह पहले से ही अतीत में है और इसके बारे में आप कुछ भी नहीं कर सकते हैं। याद रखें कि आज एक नया दिन है और आपके पास शुरू करने का मौका है। इससे कोई फर्क नहीं पड़ता कि आपका अतीत कितना बुरा रहा है, फिर भी आप अपने भावी कार्यों के आधार पर अपना भविष्य बदल सकते हैं।

सबसे खराब कार्यों को पहले करें

सबसे खराब कार्यों और गतिविधियों को पहले करने की कोशिश करें। ऐसा करके आप खराब कार्य को भी समय पर निबटा लेते हैं और आपके काम की सूची भी आकर्षक हो जाती है।

अपने लक्ष्य का सामने चित्र लगाएँ

चीजों या लोगों की छवियाँ, जो आपको प्रेरित करती हैं; वह एक बात है और अपने लक्ष्य की एक प्रतिनिधि छवि होना दूसरी बात। मान लें कि आप अपने प्रोजेक्ट के अंतिम लक्ष्य के रूप में अपने परिवार को जापान ले जाना चाहते हैं तो आपका परिवार आपका 'प्रेरक कारक' होगा, लेकिन जापान की छवियाँ आपके विशिष्ट लक्ष्य का प्रतिनिधित्व करती हैं। नियमित रूप से अपना लक्ष्य देखकर आप इस पर कार्य करने के लिए फोकस और प्रेरणा बनाए रखने में मदद हासिल करेंगे।

धीरज रखें

ऐसा कहना आसान है, पर करना कठिन। आज के समाज के साथ समस्या यह है कि हम हमेशा सबसे तेज संभव समाधान चाहते हैं। हम तत्काल परिणाम चाहते हैं और जब वह हमें नहीं मिलता, तो हम निराश हो जाते हैं और हार मान लेते हैं। अपनी परियोजना को 100 मीटर दौड़ के रूप में नहीं, बल्कि मैराथन के रूप में सोचें ओर अपनी योजना के अनुसार ही अपनी गति रखें। अच्छी योजनाबद्ध योजना छोटे, लेकिन तेज और अधिक सुसंगत परिणाम पाने में आपकी मदद करेगी। यदि आप केवल अंतिम परिणाम पर ही ध्यान केंद्रित करते हैं, तो जब तक आप इसे प्राप्त नहीं करेंगे, तब तक धीरज रखना मुश्किल होगा।

अच्छी योजनाबद्ध योजना छोटे, लेकिन तेज और अधिक सुसंगत परिणाम पाने में आपकी मदद करेगी। यदि आप केवल अंतिम परिणाम पर ही ध्यान केंद्रित करते हैं, तो जब तक आप इसे प्राप्त नहीं करेंगे, तब तक धीरज रखना मुश्किल होगा।

प्रतिदिन प्रेरणा पाएँ

प्रेरणा सर्वश्रेष्ठ प्रेरकों में से एक है और हर जगह पाई जा सकती है। हर दिन प्रेरणा की तलाश करें, क्योंकि यह लंबे समय तक आपकी अंत:प्रेरणा को बनाए रखने में मदद करेगी। प्रेरणा के स्रोतों में शामिल हो सकते है: ब्लॉग, ऑनलाइन सफलता की कहानियाँ, मंच, दोस्त, परिवार, पत्रिकाएँ, किताबें, उद्धरण, संगीत, फोटो, जिन्हें आप जानते हैं, इत्यादि।

सार्वजनिक प्रतिबद्धता

यदि संभव हो तो अपनी परियोजनाओं को उन लोगों के साथ साझा न करें, जो आपको निराश कर सकते हैं। बहुत से लोग जो हासिल करना चाहते हैं, उसे सामाजिक नेटवर्क पर ब्लॉग लिखकर या पोस्ट करके जाहिर करते हैं। आप सावधानीपूर्वक इस बात का चयन करें कि इस प्रक्रिया का हिस्सा बनने के लिए कौन सुपात्र है। वास्तव में, स्वयं को सार्वजनिक रूप से व्यक्त

करके आपको दृढ बने रहने के लिए अधिक साहस मिलेगा।

सक्रिय रहें

गतिहीन जीवनशैली होने से ऊर्जा की कमी होगी, जो आपके प्रेरणा के स्तर को सीधे प्रभावित करेगी। इसलिए हर दिन कुछ शारीरिक गतिविधि करने का प्रयास करें। पड़ोस में 20-30 मिनट की पैदल तेज चाल से भी मदद मिलेगी। शारीरिक व्यायाम से आपकी नींद और स्मृति पर भी सकारात्मक प्रभाव पड़ेगा।

सुबह की मीटिंग

अपनी कारोबारी मीटिंग सुबह के समय करने की आदत डालें। इससे आप सुबह जल्दी उठेंगे और अन्य जरूरी कामों के लिए आपको लंबा दिन मिलेगा।

अगले दिन की तैयारी

बुधवार की कार्यसूची को मंगलवार रात ही में तैयार कर लें। यह आपकी प्रेरणा के लिए एक आवश्यक घटक है, क्योंकि यह आपकी चिंता को कम करने के तरीके से सीधे जुड़ा हुआ है। इस प्रकार की व्यवस्था से चिंता या अव्यवस्था के बिना आपका दिन अधिक उत्पादक होगा।

एक व्यक्तिगत मंत्र बनाएँ

एक प्रेरक मंत्र के बारे में सोचें, जो ध्यान केंद्रित करने में आपकी मदद करता है। एक साधारण सकारात्मक वाक्यांश, जो लक्ष्यों की दिशा में आगे बढ़ने में आपकी मदद करता है। जब कभी आप निराशा या प्रेरणा की कमी महसूस करें, त्वरित प्रेरक के रूप में अपने उस मंत्र का प्रयोग करें। उसे लिखकर अपनी मेज पर रखें।

सुरंग के अंत में प्रकाश

केवल अंतिम परिणाम के बारे में सोचकर आप चिंता और निराशा से घिर सकते हैं, बल्कि आपको अपने लक्ष्य की प्राप्ति से होनेवाले सभी छोटे-

बड़े लाभों और फायदों को ध्यान में रखना होगा। एक प्रेरक के रूप में अंतिम परिणाम की सकारात्मक परिकल्पना करें, तनावकारक के रूप में नहीं।

अपने काम पर गर्व

आपके कई काम आपको सामान्य और समय की बरबादी की तरह लगते हैं। इनसे परहेज न करें। ध्यान रखें, छोटे-छोटे काम भी बड़ा अंतर लाते हैं; इसलिए जो कुछ भी किया जाए, उसे सर्वोत्तम तरीके से करने की आवश्यकता है। यदि आप अपने लक्ष्य को प्राप्त करने के लिए जो भी कर रहे हैं, वह महत्त्वपूर्ण है, तो अच्छा ही करें। अपनी उपलब्धियों पर गर्व करें; इससे आपको अपने बारे में अच्छा महसूस करने और प्रेरित रहने में मदद मिलेगी।

> ***पुरस्कारों द्वारा खुद को प्रेरित करना एक अच्छी रणनीति है, लेकिन आप उन पर भरोसा नहीं कर सकते हैं। यदि आप भरोसा करते हैं, तो आप इनाम पर निर्भर हो जाएँगे और कभी भी कार्य करने के लिए प्राकृतिक प्रेरणा नहीं होगी। कार्य में अंतर्निहित पुरस्कार खोजने का प्रयास करें, यानी कार्य का पूरा होना आपके लिए पहले ही एक इनाम होगा।***

पुरस्कारों पर भरोसा

पुरस्कारों द्वारा खुद को प्रेरित करना एक अच्छी रणनीति है, लेकिन आप उन पर भरोसा नहीं कर सकते हैं। यदि आप भरोसा करते हैं, तो आप इनाम पर निर्भर हो जाएँगे और कभी भी कार्य करने के लिए प्राकृतिक प्रेरणा नहीं होगी। कार्य में अंतर्निहित पुरस्कार खोजने का प्रयास करें, यानी कार्य का पूरा होना आपके लिए पहले ही एक इनाम होगा।

काम में एकाग्रता

अकसर नया कार्य शुरू करने के दौरान कुछ समय तक स्वतः ही हमारी एकाग्रता बनी रहती है, लेकिन समय के साथ हमारा ध्यान आसानी से भटकने लगता है। इसे सतत बनाए रखने के लिए अपनी प्रेरणा को जगाए रखना जरूरी है। आपको एक समय में एक ही काम पर ध्यान देना चाहिए। मल्टीटास्किंग उत्पादकता में आपकी मदद नहीं करेगी।

सबसे महत्त्वपूर्ण

आपके अंतिम लक्ष्य की ओर जानेवाला हर छोटा कदम महत्त्वपूर्ण है। इस मानसिकता को अपनाएँ कि आप जो भी कदम उठाते हैं, वह इस समय दुनिया में सबसे महत्त्वपूर्ण बात है; इससे आपको अपने कार्यों को पूरा करने में अधिक एकाग्रता और दृढ संकल्प मिलेगा।

सर्वश्रेष्ठ बनें

हम सभी में ताकत और कमजोरियाँ हैं। अपनी कमजोरियों पर ध्यान केंद्रित करने की बजाय उनके खिलाफ खड़े होने और उनकी ताकत का लाभ उठाने का प्रयास करें। स्वयं में सर्वश्रेष्ठ बनें और यह आपको अधिक आत्मविश्वास और अधिक प्रेरित महसूस करने में मदद करेगा।

ज्यादा और ज्यादा

अपने लक्ष्य को प्राप्त करने के लिए आप जो भी करते हैं, हमेशा उससे ज्यादा और ज्यादा कर सकते हैं। बस जो अभी कर सकते हैं, वहीं न रुक जाएँ, आगे बढ़ते रहें। अतीत में जो हासिल किया है, उस पर ध्यान केंद्रित न करें, बल्कि भविष्य में आप क्या कर सकते हैं, उस पर फोकस करें।

परिणाम महत्त्वपूर्ण

अन्य लोग चाहे जो कहें; आप जो परिणाम चाहते हैं, उसे प्राप्त करने के लिए हमेशा अपना सर्वश्रेष्ठ प्रयास करें। इस बात को लेकर निश्चिंत न हो जाएँ कि अपनी कार्यसूची में से ज्यादातार काम आपने निबटा लिये हैं। उपलब्धि और गतिविधि को लेकर भ्रमित न हों। दोनों के बीच एक बड़ा अंतर है। यदि आपको अपने इच्छित परिणाम नहीं मिल रहे हैं, तो आप शायद गलत चीजों पर बहुत ज्यादा मेहनत कर रहे हैं।

तकनीक का प्रयोग

तकनीक केवल तभी उपयोगी होगी, जब आप यह जानते हों कि परिणामों को प्राप्त करने में वह आपकी सहायता करेगी। इसकी विपरीत स्थिति में उस पर समय बरबाद न करें वरना आप निराश और प्रेरणा से विमुख हो जाएँगे।

पूर्णता सबकुछ नहीं

उपलब्धि की तलाश करें, पूर्णता की नहीं। मंजिल तक पहुँचने के लिए एक ही रणनीति को अपनाना पर्याप्त नहीं होता है। यदि किसी पूर्ण रणनीति को भी लापरवाही से लागू किया जाता है तो वह भी एक बुरी रणनीति के रूप में अप्रभावी हो जाती है। इसलिए किसी भी रणनीति को समर्पण के साथ लागू करना मायने रखता है और हाँ, पूर्णता की तलाश न करें, यह आपको कभी नहीं मिलेगी।

प्रशंसा और प्रेरणा

जब भी आप ऐसे लोगों से मिलें, जिन्होंने आपसे पहले से ही बेहतर परिणाम प्राप्त कर लिये हैं, तो उनकी प्रशंसा करें। उन्होंने जो भी हासिल किया है, उसका उपयोग प्रेरणा और प्रेरणास्रोत के रूप में करें। यह न मान लें कि उन्होंने अपने लक्ष्यों को प्राप्त करने के लिए असाधारण कुछ किया है।

अपनी क्षमता बढ़ाएँ

आपमें अपार क्षमता है, लेकिन उपयोग में न लेने पर वह बेकार है। ऐसे ही लोग जब किसी के बारे में बात करते हैं तो अकसर कहते हैं, 'उसमें अपार क्षमता है'। आपमें भी अपार क्षमता हो सकती है, लेकिन यदि आप इसे अभ्यास और उपयोग में नहीं लाएँगे, तो यह बेकार चली जाएगी। अपने आपको प्रेरित रखने के लिए यह जानना या कह देना ही पर्याप्त नहीं है कि आपमें बहुत कुछ हासिल करने की क्षमता है। निश्चित परिणाम प्राप्त करने के लिए आपको वास्तव में कार्य करने और अपनी क्षमता का उपयोग करने की आवश्यकता है; वही महान् प्रेरक होगा।

> ***आपमें भी अपार क्षमता हो सकती है, लेकिन यदि आप इसे अभ्यास और उपयोग में नहीं लाएँगे, तो यह बेकार चली जाएगी। अपने आपको प्रेरित रखने के लिए यह जानना या कह देना ही पर्याप्त नहीं है कि आपमें बहुत कुछ हासिल करने की क्षमता है।***

हार के बाद बुद्धिमानी

पराजय सीखने का एक असाधारण अवसर है, इसलिए यदि आप इसे सीखने के अनुभव की तरह लेते हैं, तो संभवत: आप अतीत जैसी त्रुटियों को फिर से नहीं दोहराएँगे।

इच्छा पर नियंत्रण

आपकी इच्छा आपके नियंत्रण में है, इसलिए कुछ भी आपको रोक नहीं सकता है। केवल एक ही है, जो आपके लक्ष्यों को प्राप्त कर सकता है; वह आप हैं। यदि आपका दृढ संकल्प किसी बात से प्रभावित होता है तो उसकी अनुमति आप ही देते हैं।

संघर्ष में सफलता

लक्ष्य तय कर मेहनत करें, मंजिल स्वत: ही मिल जाएगी। असफलता से निराश होने की बजाय चुनौती समझ सामना करें। आधारशिला यदि दृढ है तो उस पर बना हुआ भवन भी टिकाऊ और स्थायी होता है।

दर्द के आगे जीत

दर्द अस्थायी है, यह एक मिनट, एक घंटे या एक दिन तक चला सकता है। जब दर्द दूर हो जाता है, तो दूसरी चीज इसकी जगह लेती हैं, लेकिन यदि आप हार मान लेते हैं, तो यह दर्द हमेशा के लिए साथ रह जाता है। याद रखें कि दर्द अप्रिय जरूर है, लेकिन यह जीवन का हिस्सा है। आपको दर्द स्वीकार करना होगा और आगे बढ़ना होगा, क्योंकि बेहतर क्षण आगे हैं।

□

23

बेहतर स्वास्थ्य-कल्याण की आदतें

जब आपका स्वास्थ्य नियंत्रण में है, तो आगे बढ़ना आसान है, अपना व्यवसाय बढ़ाएँ, एक अच्छी नौकरी प्राप्त करें और लगभग किसी भी लक्ष्य को छू लें। नीचे लिखी बातें स्वस्थ, सक्रिय और फिट रहने के लिए हैं। अपने खान-पान का ध्यान रखें और शरीर में प्रवेश करनेवाली किसी भी चीज के प्रति सावधान रहें। यह समझें कि मादक दवाओं और शराब जैसे विषाक्त पदार्थों का आपके शरीर पर बहुत गंभीर प्रभाव हो सकता है।

हर सुबह नाश्ता करें

अध्ययनों से पता चला है कि नाश्ता वास्तव में दिन का सबसे महत्त्वपूर्ण भोजन है। नाश्ते को न छोड़ें, भले ही आप थोड़ी मात्रा में और तेज-तेज खाएँ।

एक सेब रोज खाएँ

हर दिन एक सेब वास्तव में डॉक्टर को दूर रखेगा। इसका फाइबर आपके सिस्टम की रक्त शर्करा के स्तर, पाचन और अन्य चयापचय रसों को नियमित बनाए रखने में बहुत मदद करता है।

नींद

हर रात कम-से-कम सात घंटे सोएँ। इससे तनाव और चिंता के स्तर को कम करने में मदद मिलेगी, साथ ही दिमागी संतुलन भी दुरुस्त होगा।

सनस्क्रीन का प्रयोग

सूर्य अविश्वसनीय रूप से हानिकारक हो सकता है। सुनिश्चित करें कि

जब भी आपका लंबे समय तक सूर्य से संपर्क होता है तो आप सनस्क्रीन का उपयोग आवश्यक रूप से करें।

पर्याप्त हरी सब्जियाँ खाएँ। हरी सब्जियाँ मुख्य रूप से अम्लीय आहार को संतुलित करने में मदद हेतु क्षारीयता का एक विशाल स्रोत हैं। हममें से अधिकांश लोग अकसर अम्लीय आहार भकोसने में लगे रहते हैं, ऐसे में हरी सब्जियाँ इसे संतुलित रखती हैं।

पानी

पर्याप्त पानी पिएँ। इस आदत को अनदेखा न करने के बहुत सारे लाभ हैं।

हरी सब्जियाँ

पर्याप्त हरी सब्जियाँ खाएँ। हरी सब्जियाँ मुख्य रूप से अम्लीय आहार को संतुलित करने में मदद हेतु क्षारीयता का एक विशाल स्रोत हैं। हममें से अधिकांश लोग अकसर अम्लीय आहार भकोसने में लगे रहते हैं, ऐसे में हरी सब्जियाँ इसे संतुलित रखती हैं।

दस हजार कदम

दिन में दस हजार कदम चलें। जब भी मौका मिले, पैदल चलें। प्रतिदिन कम-से-कम दस हजार कदम पैदल चलें। यदि आप ताजादम महसूस करते हैं, तो प्रतिदिन सोलह हजार कदम चलें।

फाइबरयुक्त भोजन

अधिक-से-अधिक फाइबरयुक्त या रेशेदार भोजन को प्राथमिकता दें। सही स्रोतों के माध्यम से फाइबर की बड़ी मात्रा प्राप्त करना आपकी प्राथमिक चिंता होनी चाहिए।

व्यायाम

हर दिन व्यायाम करें। हर दिन व्यायाम करें, इससे कोई फर्क नहीं पड़ता कि आप कितना कम करते हैं।

□

24

सफलता के अमोघ सूत्र

एक सफल व्यक्ति अपने काम को प्रेम करता है और खुद को पूर्ण रूप से अभिव्यक्त करता है। आपके अंतर में मौजूद शक्ति आपकी सभी इच्छाओं को पूर्ण करने में सक्षम है, जो आपको आत्मविश्वास और शांति की भावना प्रदान करती है। आपकी रुचि का जो भी कार्य हो सकता है, आपको अपने मन के नियमों से सीखना चाहिए। जब आप जानते हैं कि आपके मस्तिष्क की शक्तियों को कैसे लागू किया जाए और जब आप दूसरों के आगे अपनी प्रतिभा को पूरी तरह से व्यक्त करते हैं तो आप सफलता के लिए सही रास्ते पर हैं। पृथ्वी पर ऐसी कोई शक्ति नहीं है, जो आपकी सफलता के मार्ग में बाधक बने। जीवन में सफलता प्राप्त करने और खुश रहने के सरल सूत्र ये हैं—

- आलोचना न करें, अन्याय न करें। ध्यान से देखें।
- अपने अंतर की आवाज सुनें।
- समय बचाने की कोशिश न करें। हर पल का आनंद लें।
- जुनून खोजें। इसे एक सप्ताह में घंटे भर या एक दिन में कुछ मिनट दें।
- आशावादी लोगों के साथ वक्त बिताएँ। निराशावादियों से बचें।
- विनम्र और दोस्ताना रहें। 'धन्यवाद', 'कृपया' या 'लो' कहने में कंजूसी न करें।

- साहसी बनें।
- 'नहीं' कहना सीखें।
- अकेले हों या किसी से मिलें, मुसकराते रहें।
- अपनी सभी जीतें—व्यक्तिगत और सामूहिक, सबका जश्न मनाएँ।
- 'क्यों' नहीं कहें, बल्कि 'कैसे' कहें।
- यह सोचना बंद करें कि दूसरों के सामने साबित होने के लिए आपके पास कुछ है।
- नई भाषाएँ सीखें।
- अजनबी के साथ वार्त्तालाप शुरू करें।
- दिन में कम-से-कम एक व्यक्ति की मदद करें।
- आपके पास जो कुछ है—उपलब्धियाँ/अनुपलब्धियाँ, उनकी एक सूची बनाएँ।
- नियमित रूप से दान करें।
- परियोजनाओं को तब तक गुप्त रखें, जब तक कि वे अच्छी तरह से उन्नत न हों।
- नकारात्मक पूर्वाग्रह नहीं पालें। मानकर चलें कि लोग ईमानदार हैं।
- झूठ न बोलें।
- अपने परिवार और दोस्तों के जन्मदिन याद रखें।
- अपने जीवन को सरल बनाएँ। जो चीजें आपके पास अनावश्यक हों, जरूरतमंदों को दे दें।
- नकारात्मक विचारों को मौन करें। वॉल्यूम बटन तक आपकी सहज पहुँच है।
- जैसा आप अपने साथ नहीं चाहते, वैसा किसी के साथ न करें।
- यह कभी न कहें 'अगर मैं दुर्घटनाग्रस्त हो गया तो अगली बार

बेहतर करूँगा।' जो कुछ भी आप तुरंत कर सकते हैं, उसे कर दें। फिर उसके बारे में सोचना छोड़ दें।

- एक समय में एक ही काम करें।
- विचारों में बड़े अंतर से बचने के लिए कार्य को सामूहिक रूप से करें।
- हर दिन एक नई बात सीखें। विषय चाहे जो भी हो।
- तेज चलें। यह आत्मविश्वास प्रदान करता है।
- ऐसा कुछ करें, जो आपको हर दिन अपने लक्ष्य के करीब लाता हो।
- अपने अतीत की केवल सबसे अच्छी यादें बनाए रखें।
- 'बड़ा' सोचने से डरें नहीं।
- स्वयं को कुछ समय देने और अपने दिन की योजना बनाने के लिए सुबह जल्दी उठें।
- संगीत वाद्ययंत्र बजाना सीखें।
- जैसे ही आपको ताकत की आवश्यकता हो, अपनी मुट्ठियों को दबाएँ।
- किसी बुरी आदत को धीरे-धीरे करके बदल दें।
- पत्र-पत्रिकाएँ नियमित पढ़ें। सीखने के लिए अपना दिमाग खुला रखें।
- सवाल पूछें। पूछने की हिम्मत रखें।

'बड़ा' सोचने से डरें नहीं। स्वयं को कुछ समय देने और अपने दिन की योजना बनाने के लिए सुबह जल्दी उठें। संगीत वाद्ययंत्र बजाना सीखें। जैसे ही आपको ताकत की आवश्यकता हो, अपनी मुट्ठियों को दबाएँ।

- अपनी तुलना किसी से न करें।
- अपने दिल और दिमाग के साथ निर्णय लें।
- सोने से पहले, अपने अवचेतन से अपनी समस्याओं के समाधान पूछें।
- बिस्तर पर जाने से पहले, दिन के अपने तीन सुख लिखें।
- दूसरों की परवाह करें। उनकी बात सुनें।
- दिन में पाँच मिनट ध्यान करें। बस अपनी साँसों पर ध्यान केंद्रित करें।
- पहली बार में ही अपनी छाप छोड़ें।
- अपनी सफलताओं को देखने के लिए अपनी कल्पना का प्रयोग करें।

□

25

सफल जीवन की जिम्मेदारी

केवल एक व्यक्ति है, जो आपके जीवन के लिए सौ फीसदी जिम्मेदार है और वह आप स्वयं हैं। अगर आप जीवन में सफल होना चाहते हैं तो पहले आपको अपने जीवन के लिए पूरी जिम्मेदारी लेनी होगी। आप अपनी सभी सफलताओं, असफलताओं, स्वास्थ्य, रिश्ते, वित्तीय स्थिति, भावनाओं और सबकुछ के लिए जिम्मेदार हैं। अगर आप पूरी जिम्मेदारी नहीं लेते तो आप उन चीजों को हासिल नहीं कर सकते, जो आपके लिए महत्त्वपूर्ण हैं और आप सामान्य जीवन नहीं बिता सकते।

हमारे जीवन के लिए वास्तव में सौ फीसदी जिम्मेदारी हमारी है, अत: हमें अपनी समस्याओं और विफलताओं के लिए दूसरों को दोष देना बंद कर देना चाहिए। हमने अपने विचारों और गतिविधियों से वर्तमान परिस्थितियों को बनाया है, इसलिए किसी को दोष देने का कोई कारण नहीं है।

अगर हम बदलते नहीं हैं तो हम बढ़ते नहीं हैं। अगर हम बढ़ते नहीं हैं तो वास्तव में हम जीवन जीते नहीं हैं। आप जीवन में अपनी सही जगह ढूँढ़ने के लिए यहाँ हैं और अपनी प्रतिभा दुनिया को दे सकते हैं।

हमेशा सुंदरता और समृद्धि के साथ जीने का तरीका जानें और अपने सुखी जीवन, स्वतंत्रता और मन की शांति के अतुलनीय अधिकार का पता लगाएँ।

जीवन केवल पीछे देखकर समझा जा सकता है, लेकिन इसे आगे देखते हुए जीना चाहिए। जीवन या परमेश्वर, आपके विरुद्ध कोई वैर-भाव नहीं रखते। जीवन कभी आपकी निंदा नहीं करता। जीवन आपके हाथ के किसी

गंभीर घाव को भर देता है। यदि आप अपनी उँगली जला बैठते हैं तो जीवन आपको क्षमा कर देता है। यह दर्द कम करता है और काट-छाँट को पूर्णता में पुनर्स्थापित करता है।

मनुष्य का जीवन आध्यात्मिक और शाश्वत है। जीवन स्वयं-नवीकरणीय, शाश्वत, अविनाशी है और सभी मनुष्यों की वास्तविकता है। सभी लोग मरते हैं, पर वास्तव में सभी लोग जीते नहीं हैं। जीवन का सबसे बड़ा उपयोग इसे किसी ऐसी चीज में लगाने में है, जो इसके बाद भी रहे। जीवन का उद्‌देश्य है कि उद्‌देश्य भरा जीवन हो। जीवन से बचकर आप शांति नहीं पा सकते। सबसे आवश्यक चीज है कि आप अपने जीवन का आनंद लें, खुश रहें। बस यही मायने रखता है।

सफलता का मतलब सफल जीवन जीना है। जब आप शांतिपूर्ण, खुश, आनंदमय और जो करना चाहते हैं, वह कर रहे हैं तो आप सफल होते हैं। सफलता का पहला कदम यह है कि आप जिस चीज को करना चाहते हैं, उसे ढूँढ़ें, फिर उसे करें। सफलता अपने काम को प्रेम करने में है। सफलता का दूसरा कदम काम की किसी विशेष शाखा में विशेषज्ञ होना है और किसी और की तुलना में इसके बारे में और जानना है। तीसरा कदम सबसे महत्त्वपूर्ण है। आपको यह सुनिश्चित करना होगा कि आप जिस चीज को करना चाहते हैं, वह केवल आपकी सफलता के लिए नहीं है। आपकी इच्छा स्वार्थी नहीं होनी चाहिए, यह मानवता को लाभान्वित करने के लिए होनी चाहिए।

सफल होने के लिए सफलता की इच्छा, असफलता के भय से अधिक होनी चाहिए। सफलता कभी अंतिम नहीं होती, विफलता कभी घातक नहीं होती। जो मायने रखता है, वह है साहस। थोड़ी सी और दृढता, थोड़ा सा और प्रयास तथा जो एक निराशाजनक असफलता दिख रही थी, वह एक शानदार सफलता में बदल सकती है। सफलता से जुड़े सभी विचार सफलता से जुड़े हैं, इसलिए मन में पूरे विश्वास के साथ सफलता दोहराते रहिए और आप पाएँगे कि आपका मन आपके सफलता के रास्ते खोल रहा है।

□□□

कैसे पाएँ जीवन में असीम सफलता